맑음, 때때로 소나기

맑음,
때때로
소나기

오늘도 날씨 맞히러 출근합니다

비온뒤 지음

차례

2. 우여곡절이 없는 인생은 없으니까
: 기상청, 그리고 그 안의 사람들

3. 지금 여기 이곳에서 일하고 있습니다
: 기상청, 그리고 나

4. 하늘을 바라보며 비 온 뒤를 꿈꾸고
: 나, 그리고 지금

미경, 량근 선생님
그리고 석호.

사랑합니다.

부끄럽지만
이런 일을 하고 있습니다

직업을 말하는 것이 부끄러운 사람이라면, 그 직업을 택하면 안 되는 것이었을까? 그렇게 생각하는 때가 있다. 나는 꽤 자주 직업을 부끄러워하는 사람이다. 모르는 사람들과 만나면 '회사원'으로, 그 사람들의 마음이 열려 있다고 생각되면 '공무원'으로 이야기한다. 명함은 늘 들고 다니지만 외국인들에게나 준다. 왜 외국인이냐고? 아주 높은 확률로 다시 볼 일이 없고, 날씨에 비교적 집착하지 않기 때문이다. 일상에서 만나는 외국인들은 날씨를 예보하는 직업을 가진 나를 신기해할 뿐이었다.

한국 사람들과 이야기할 때는 특히 알리고 싶지 않다.

기상청에 다닌다고 구체적으로 소개하는 것은 같은 공무원에게나 하는 정도다. 친척에게도 알리지 않을 때가 많고, 남자 친구에게 몇 달 동안 말하지 않은 적도 있다. 내 주위의 많은 사람은 내가 무슨 일을 하는지 잘 모른다. 진심을 말하자면 직업을 말했을 때 그들이 보일 반응이 조금 무섭다.

나인 것을 모르는 이들이 쉽게 "저기 다니는 사람들 다 잘려야 돼"라고 말하는 그 무심함. 직업만으로도 비난을 감수해야 하는 그 책임감. 설명을 해도 변명으로 들리는 그 답답함. 그 모든 것이 나를 겁쟁이로 만든다. 기상청 내에서도 예보 업무를 담당하는 인원은 제한적이다. 그리고 꽤 높은 비율로 업무를 하는 중에 한 번 이상은 언론에 얼굴을 비춘다. 공인이 되어버리는, 익명으로 숨을 수 없다는 무서움이 언제나 나를 감싸고 있다.

스스로를 '예보관'이라고 말하기가 쑥스럽다. 컴퓨터가 지배하는 세상에서 사람의 예측이 얼마나 중요하냐는 이야기를 수도 없이 듣는다. 그중에서도 예보라는 업무는 사람의 손길이 항상 닿아야 하는 분야다. 날씨는 늘 뜻하지 않은 사건의 연속이기 때문이다. 작은 고리들이 맞물려 세상을 움직이는 거대한 힘이 된다. 그 힘이 우리가 살아가는 세상을 어떤 방향으로 흘러가게 하는지 알기 위해 한국뿐만 아니라 전 세계의 기상예보관들이 분주히 움직이고 있다.

하늘을 바라보는 것은 예전부터 국가의 영역이었다. 기상 역사를 연구하다 보면 그들이 추측하던 것이 현대의 사람들과 그리 다르지 않다는 사실도 깨닫는다. 한 가지 다른 점이 있다면, 지금은 예보가 틀려도 질타로 넘어간다는 정도일까. 당시 연구자들에게는 문자 그대로 '목숨'이 달려 있는 문제였을 테니 죽자 사자 매달렸을 것이다. 전쟁이 나면 전투에서 승리하기 위해 날씨를 예견해야 할 필요도 있었다. 국가 권력의 한 축이었고, 그만큼 강력한 힘이었다. 이렇게 이야기하면 참 거창하고 사명감을 불태울 것 같지만, 그때나 지금이나 날씨를 예보하는 사람들에 대한 기록을 들춰 보면 징계나 욕 같은 것들이 많다. 가끔은 예보 정확도에 매달리는 내가 바보 같을 정도다.

충동적으로 진로를 결정했다. 대학 입시의 문턱은 높았고, 나는 흔한 수시 실패자였다. 공대는 충분히 갈 수 있었지만 도무지 잘할 자신이 없었다. 그래서 선택한 분야가 자연과학이었다. 공대보다 더 복잡한 것을 배운다는 현실을 알았다면 조금 달랐을지도 모른다.

오랫동안 꿈꾸었다. 성인이 되고부터는 계속 한곳을 바라본 삶이었다. 전공을 직업으로 삼기 위해 달려가는 나날이 계속되었다. 길도 많이 헤매었다. 모범적인 학생은 아니었을 것이다. 우수한 학생이라고 말할 수도 없었다. 하지만 중도 포기를 할 만큼 재미없지는 않았다. 그런데도 끝장을 보겠다는 마음 또한 들지 않았다. 도망가고 싶어서 도망도 갔다. 가서 만난 것은 결국 또 쏟아져 내릴 듯한 맑은 하늘 속의 은하수와 검은 하늘 안에서도 눈부시게 빛나는 오로라였다. 한여름의 눈처럼 내리는 우박은 애써 외면하던 열정을 다시 불태우게 만들었다. 그 모든 찬란한 날씨를 뒤로하고 결국 다시 돌아왔다.

몇 번이나 포기하려 했다. 내게는 어울리지 않는다고 생각했다. 그런데도 결국 나는 이 길에 와 있다.

명확한 정답도 없고 변수는 너무나 많은 미래를 제시해야 하는 직업이다. 주식 투자처럼 "하이 리스크 하이 리턴"을 외칠 수는 없다. 가장 가능성이 높은 예보를 하되, 혹여나 하는 마음은 상황을 대비하는 자세로 준비한다. 기승전결이 명확한 업무를 좋아하는 사람에게는 정말 맞지 않을 직업이라는 것을 하루에도 몇 번씩 느낀다. 바로 나 같은.

그런데도 문득문득 바라보는 하늘이 너무도 아름다워서, 지구가 그려내는 그림이 황홀해서 떠나지를 못한다. 예측과 예상과 예견과 예보를 넘어 내가 그린 미래가 그대로 실현되는 날은 세상에서 가장 즐거운 공무원이 된다. 내게 예보를 한다는 일이란 그런 것이다. 한 사람 몫을 다하는 그런 삶.

늘 삶에 관한 글을 쓰고 싶었다. 하지만 공무원으로서의 삶은 평온하고 가끔 무기력해서, 글의 소재가 될 만하지는 않을 것 같았다. 우연찮은 기회로 한 꼭지 한 꼭지 글을 쓰다 보니 주변은 보석처럼 빛나는 일로 가득했다. 글은 홀로 쓰고 있지만 내 글 속에는 수많은 선후배 예보관들과 다른 직원들이 등장한다. 정든 분들이 모두 행복하기를.

내가 나 자신의 일을 더욱 사랑하게 되기를.

1.
사계절을
온몸으로 겪어야
예보관

: 기상을 예보하는 사람, 그리고 날씨

나는 기상청의 교대 근무자입니다

환하게 비치는 햇살이 무겁다. 야간 근무를 끝내고 집으로 돌아가는 길은 늘 약간의 어지러움과 햇볕의 강렬함, 오늘은 또 낮에 무엇을 해야 하나 하는 걱정이 뒤따른다. 이미 익숙해진 근무라고 생각해도 퇴근길은 언제나 몽롱하고, 건강을 챙기려면 어떻게 해야 하나 여러 방법을 떠올린다. 버겁다.

올해로 9년째가 되었다. 사람들이 말하는 철밥통 공무원이기는 하지만 나는 지금까지 제대로 명절을 챙겨본 적도, 마음 놓고 친구들과 모임을 가진 적도 많지 않다. 주변 사람들이 대체 너는 무슨 일을 하는 것이냐며, 공무원이기는 하나면서 핀잔을 줄 때도 있다. 여성이 밤샘 근무를 한다고 하면 대번에 간호사나 경찰관을 먼저 떠올리지 예보관을 떠올리지는 않는다. 그래서인지 내 생각에도 쉬는 날의 나는 반 백수고 일하는 날의 나는 공장 노동자 같다. 회사 근무복의 디자인이 남색 점퍼라서 그렇게 생각하는 것은 절대로 아니다. 진짜로, 절대로.

내가 근무하는 곳은 대한민국에서 대표적으로 교대 근무를 하는 공공기관 중 한 곳이다. 모든 직원이 교대 근무를 하는 것은 아니지만, 자의 반 타의 반으로 교대 근무를 하며 대한민국 이곳저곳의 날씨를 책임지는 사람들은 지금도 약 300명쯤 된다. 그마저도 다양한 수치 모델과 여러 가지 예보 체계 개편으로 줄어든 인원이다.

기상청 교대 근무자에게는 따로 휴식 시간이 없다. 원칙적으로 기상청 교대 근무자에게는 근무 시간 내내 자리에 앉아 실시간 모니터링을 하는 집요함이 요구된다. 기상청의 예보관, 관측자를 비롯한 교대 근무자들은 대부분 현업공무원으로 지정이 되어 있어서 토요일과 공휴일에도 비슷한 강도의 업무를 하게 된다. 식사나 휴식도 마찬가지다. 공식적으로 기상청 공무원은 휴식 시간과 식사 시간을 따로 분리하여 가지지 않는다. 즉 알아서 눈치껏 식사를 챙겨야 하고, 알아서 눈치껏 휴식 시간을 가져야 한다. 끼니를 때우지 않을 수 없으니 점심과 저녁 식사야 교대로 짬을 낼 수 있지만, 휴식 시간이 따로 없다는 것은 가끔 가혹하게 느껴진다. 뻑뻑한 눈은 자꾸 감기고 돌아가지 않는 뇌는 말까지 웅얼거리게 만든다. 손까지 떨리는 날에는 잘못 클릭하는 마우스 소리가 이어진다. 일한 햇수가 두 자릿수를 넘어가는 베테랑 직원들이야 '알아서 눈치껏' 휴식을 취할 수 있을지 몰라도 나는 아직 채 10년도 되지 않은, 연금도 받을 수 없는 기상청의 부속품일 뿐이다. 뒷자리에 선배들이 계시기라도 하면 잠깐 숨을 돌리는 것조차 죄스럽다. 생각해 보니 어느 회사나 눈치껏 일하는 것은 당연한 일인지도 모른다. 다만 화장실에라도 갔다가 관측 자료 오류 값이 들어오면 혼날 각오를 하거나, 잠깐 졸다가 중요한 현상을 놓치기라도 하면 그날의 근무자가 책임지는 수밖에.

그래서 교대 근무자에게 마음 건강 관리는 꼭 필요한 일이기도 하다. 기상청에서 영상 회의로 매일매일 브리핑을 하는 교대 근무자들은 가장 아래 직급인 9급 서기보부터 총괄 예보관인 4급 서기관(또는 수석 전문관)까지 전국의 예보관들이 한 팀을 이루어서 일한다. 대부분의 평일 아침과 꽤 많은 주말 아침에 기상청의 가장 고위급 인사들과 브리핑을 나누게 된다. 최소 20분 이상이 걸리는 야근 예보 분석과 오늘 예보에 대한 중점 사항을 말하다 보면 칭찬을 듣는 일은 그리 많지 않다. 예보를 100% 맞히는 일이 가능할까? 매일 칭찬만 들으면 좋겠다는 생각을 한다. 30~50mm를 낸 강수 예보에서 70mm가 왔다고 비판받을 때는 야근의 몽롱함과 더불어 기분이 침잠하는 것을 느낀다. 기상청 교대 근무자들은 자신이 한 일을 근무가 끝나기 전에도, 근무를 마치고 난 후에도 실시간으로 전 국민에게 평가받는다. 24시간 365일 누군가가 우리의 일을 지켜보고 있다고 생각하면 아주 가끔 소름이 돋을 때도 있다. 대부분은 이런 생각을 더욱 열심히 해야지 하는 원동력으로 삼는다.

그러나 어떤 날은, 어떤 정말 바빴던 날은 적어도 브리핑에 참석하는 직원들이 구구절절 우리의 업무를 평가하기보다는 그저 고생 많았다고 한마디 위로를 해줬으면 한다. 뒷일은 우리에게 맡기고 지금은 안심하고 퇴근하라고, 그렇게만 이야기해 주었으면 하는 때도 있다. 아무리 좋은 꽃노래라도 세 번 들으면 질린다는데, 매

일매일 혼나는 사람들의 마음이야 두말할 필요도 없을
것이다.

쉴 틈 없이 열심히 근무하고 회사 정문을 나선다. 무겁
고 후회되는 걸음이 아니라 그래도 최선을 다했다는 걸음
이 되기를 늘 기원하며 산다. 나는 밤샘 근무를 마치고 조
금 비틀거리기는 했지만 무사히 집으로 향했다.

그래.
오늘도 살아남았다.

창을 두드리는 빗소리

출근하자마자 회의와 토의와 조정의 연속이다. 7월 중에 내가 있는 지역에 비가 온 날은 총 19일. 수도권 전역으로 확대하면 더 늘어날 것이다. 세상에. 아무리 장마 기간이라고는 해도 정체전선이 이렇게 길게 중부지방에 걸려 있는 경우는 드물다. 8월에 와서도 비가 연일 이어지고 누적된 강수로 피해가 점점 커지고 있으니, 예보하는 사람으로서 부담스럽기 짝이 없다.

모든 사람에게 소중한 주말, 오는 비도 말려버릴 수 있는 능력이 있다면 얼마나 좋을까. 하지만 우리는 슈퍼맨도, 그리스 로마 신화에 나오는 신들도 아니다. 최대한 비피해가 없도록 하는 것이 최선이라는 사실을 모두가 알고 있기에 출근하는 그 순간부터 브레인스토밍은 끊임없이 이어진다. 얼마 전부터 예보관들이 실제로 이용하기 시작한 새로운 모델도 끊임없이 체크한다. 믿고 맡기기에는 아직까지 실수가 종종 있는 녀석이지만, 앞으로도 여러 번 성능 개선을 한다고 하니 따스한 눈으로 지켜보는 것이 최선이다.

볼 수 있는 자료가 여러 가지이다 보니 예보관들은 회의가 잦다. 교대 인수인계를 하면서 이루어지는 회의를 시작으로 해서 출근하자마자 국장님, 과장님과 함께하는 회의, 지방 전체와 함께하는 회의에 초단기(6시간) 예보 회의까지 마치고 나면 이미 듣는 것만으로도 녹초가 되고 만다. 12시간이 넘는 근무 중에 회의 시간만 4시간 정도. 회의 준비에 필요한 자료들을 분석하고 공유하는 데에도 비슷한 정도의 시간이 걸리고, 그 와중에 특보와 예보를 발송한다. 중간중간 기상 현상 사례에 대한 세미나도 빼놓지 않고 들어야 한다. 매 시간이 공부고, 매 시간이 누군가의 이야기를 듣는 것의 연속이다.

예보에 민감한 시기에는 회의가 더욱 길어지지만 결국

기상청이 할 수 있는 일은 하나다. 정확도가 높은 예보를 발표해서 국민에게 적절한 정보를 전달하는 것. 수치 모델이 아무리 발달했다고는 해도 여름 날씨는 알 수 없는 일이라 번번이 실패하기도 한다.

어떤 해의 여름, 내가 있는 지역은 그나마 낫지만 비 예보가 자꾸 틀리고 있다고 한다. 몇 시간 동안 연속으로 회의를 해서 목이 갈라져도, 과대 모의하거나 과소 모의하는 모델에 휘둘려도 각 지역 예보관들은 계속 예보를 한다. 눈앞은 늘 낭떠러지다. 내려다보면 토할 것처럼 가끔은 메스껍다.

아, 정말, 예보 맞히고 싶다.

슈퍼컴퓨터는 슈퍼맨이 아니다

매번 기상예보가 틀리면 듣는 말이 두 가지 있다.

하나는 '구라청'. 기왕이면 비속어가 아닌 단어로 바꿔 주면 좋겠다고, 이미 욕을 먹고 싶지 않다는 희망은 버린 채 생각하곤 한다. 남녀노소를 불문하고 전 국민에게 가장 적나라한 방식으로 평가받는 날씨를 100% 맞히기란 불가능한 일이겠지만, 결정적인 순간에 틀리는 것은 분명 무언가 부족한 부분이 있었을지도 모른다는 생각을 갖게 한다. 예보관은 기계가 아니고, 인간으로서 가질 수 있는 당연한 상황적 오류나 어려움을 타파하려고 노력한다. 당연히 쉽지 않다. 99%의 예보관들은 예보할 때 의도해서 '구라'를 치지 않고, 치지도 못한다. 1%는, 나도 모든 예보관을 만나본 것이 아니라서 자신하지 못하겠다. 다만 예보관들에게 예보를 맞히는 것은 사적으로든 공적으로든 무조건 이득이다. 교수님이 내주신 3페이지짜리 논술 시험 문제를 잘 풀거나 주식 동향을 잘 맞히는 것과 비슷한 일인데 기분이 나쁠 리 없다. 공무원으로서, 전문인으로서 당연히 추구해야 할 일이고 심지어 예보를 틀리면 기분도 좋지 않다.

또 하나 자주 듣는 말 중 하나는 이것이다. "이러려고 몇백 억 들여서 슈퍼컴퓨터 샀냐!" 어찌 보면 야속하고 어찌 보면 이해가 가는 말이다. 곧 도입되는 슈퍼컴퓨터 5호기의 가격은 500억 원이 조금 넘는다. 국가가 보유한 자산 중에서 비싸기로는 손가락 안에 꼽을 수 있다. 아마 건물이나 도로, 땅 같은 부동산을 제외하면 가장 비싼 재산일지도 모르겠다. 4호기를 도입했을 때도, 3호기를 도입했을 때도 들려온 소리는 비슷했다. 그렇다고 도입하지 않으면 겨우겨우 끌어올려 온 수치 모델 자료의 처리 능력은 해가 갈수록 퇴보할 것이 뻔하다. PC방의 컴퓨터도 게임의 그래픽 기술 발달에 따라 주기적으로 업그레이드 하는 것과 비슷한 이치다.

컴퓨터 자체의 능력을 향상시키는 것과 별개로 중요한 것이 또 있다. 슈퍼컴퓨터 자체의 능력도 능력이지만 소프트웨어 또한 신경 써야 한다는 점이다. 최신 컴퓨터인데 소프트웨어가 그림판과 메모장, 지뢰 찾기뿐이라면 아무리 성능이 좋아도 많은 사람들이 활용할 수 없을 것이다. 이제 대부분의 예보관들은 수치 모델에 많이 의존하는 예보를 내고 있다. 그러니 천문학적인 자금을 들여서 개발하지 않으면 점점 뒤처질 수밖에 없다.

얼마 전 기상청 슈퍼컴퓨터 4호기의 세계 슈퍼컴퓨터 순위를 확인해 보았을 때 164위라는 숫자에 놀라버렸다.[*] 5년이라는 시간이 지나 컴퓨터들의 성능이 향상된 만큼, 교체 시기가 다가온 것이다. 결국 컴퓨터는 소모품이다. 게다가 기상 모델은 특히 다양한 변수가 많아 복잡한 계산을 필요로 하기에 그 소모 속도가 빠르다. 국민의 세금으로 큰 예산을 들여 구매하는 만큼, 슈퍼컴퓨터가 잘 돌아가고 그 안에서 생산물이 잘 나오도록 하는 일도 기상청 전문가들의 숙제다.

---

[*] 출처: TOP500.org(http://top500.org) 2020년 11월 기준으로 슈퍼컴퓨터 4호기 누리 164위, 미리 165위이다.

나는 기상예보를 하는 사람으로서의 경력은 짧은 편이
다. 물론 기상예보라는 것이 경력이 길고 짧음에 따라 정
확도가 정비례하지는 않지만, 어떤 일이나 그러하듯 경험
에서 오는 직감은 결코 무시할 수 없다. 다양한 수치 모델
을 가지고 어떻게 해석할지, 예를 들면 한국형 KIM모델과
영국의 UM모델, 유럽중장기예보센터의 ECMWF모델, 그
리고 수많은 다른 모델이 만들어 낸 자료 중 어느 것이 현
시점의 상황을 잘 나타내고 있는지를 단시간에 파악하는
일은 경험에 기대지 않으면 물리적으로 불가능하다. 내가
처음 입사하여 기상 모델에 대한 설명을 들을 때 한 사이
클(보통 6시간, 혹은 12시간)에 생성되는 예보장이 약 8만
장이었다. 그 시점에서도 숨이 턱 막히는 기분이 들었다.
8만 장을 다 보고 분석하기란 물리적으로 불가능하므로
어떤 고도의 예보장을 볼 것인지, 어떤 모델을 선택할 것
인지는 오로지 예보관의 몫이다. 오래 일하신 분들의 노
하우에 따라 파악하기 편리한 자료들을 주로 보지만, 낯
선 고도의 낯선 자료로 봐야 경향성이 보일 때도 있다. 정
말 야속한 부분은 그렇게 봐도 100%라고 자신할 수는 없
는 것이 기상예보라는 점이다. 물어볼 사람은 있지만 정
답은 없다. 컴퓨터가 제시해 주는 길을 따라 선배들의 안

내로 나아가는 수밖에 없다.

정말 결정하지 못하는 때는 다 던져버리고 싶다. 혹은 모델이 알려주는 그림에 맞춰서 내 마음이라도 편하게 하고 싶다. 그러면 안 되는 것을 알고 있으니 할 수 있는 이야기다.

하늘을 보는 사람의 직업병

나는 아마 평생 구름과 함께 살아가야 할 사람일 것이다. 대학 때부터 계속 구름이 사람의 생활에 미치는 영향과 날씨를 공부해 왔고, 지금 하고 있는 일도 그런 분야이기 때문이다. 그래서인지 유독 비행기를 타면 공부하는 기분이 되곤 한다. 구름을 위에서 바라볼 수 있는 기회는 흔치 않으니까.

미국 같은 큰 나라를 가는 기회라도 오면, 혹은 열대 기후를 가진 나라를 갈 기회가 오면 비행기에서 쉽게 잠들 수 없는 이유도 그 때문이다. 겹겹이 쌓여 흐르고 있는 구름 위를 유유히 떠가는 비행기를 볼 때마다 인간이 만들어 낸 기적에 감탄하고는 한다. 그리고 그 안에 타고 있는 자신이 신기하다. 동글동글 뭉쳐서 생기는 고적운, 베개처럼 흩어진 층적운이나 적운들, 깃털같이 떠다니는 권운, 산을 넘는 공기가 만들어 내는 렌즈구름, 가끔 날씨가 나쁜 곳을 통과해 가면 볼 수 있는 모루구름 사이의 천둥이나 번개 같은 것들. 모두 공부가 되는 소중한 기회다. 눈앞에서 펼쳐지는 구름의 대향연을 보고 있자면 교과서가 따로 필요 없다. 각양각색의 명암을 가진 흰색이 스쳐지나간다.

밤에는 또 다른 재미가 있다. 별들. 도시에서는 볼 수 없는 별들이 몇만 피트 상공에서는 깨끗하게, 멀리, 잔뜩 보인다. 태평양을 건너는 비행기에서 겪었던 일이 있다. 유성우가 예보된 날의 밤에 비행기를 탔다. 여름에 탄 비행기니까 아마도 페르세우스 유성우였을 것이다. 태평양을 건너는 그 비행기는 커다란 크기만큼이나 안정적으로 바다 위를 날고 있었고, 창밖으로 보이는 빛 중 가장 밝은 것은 비행기 날개의 알림등 정도였다. 여행의 시작을 기대하며 살포시 잠이 들었다가 깨서 닫혀 있던 창을 열어 보니 내 생애 최고로 화려한 유성우가 펼쳐지고 있었다. 어둠을 가르며 움직이는 비행기와 멀리 떨어져 내리는 빛

줄기들의 사진을 바깥에서 찍을 수 있었다면 더 멋졌을 텐데. 비행기 안에서 유성우를 보며 상상으로만 그쳐야 한다는 현실이 아쉬웠다. 쉬지 않고 소원을 빌었다. 몇 개의 소원 중 하나는 앞으로도 이렇게 비행기를 자주 탈 수 있게 해달라는 것이었다. 소원이 이루어졌는지 한동안은 한 해에 비행기를 왕복으로 스무 번 이상은 확실히 탄 것 같다.

비가 오는 나쁜 날씨에 타는 비행기는 기상청에 다니는 사람으로서 그야말로 날씨의 한가운데에 들어가는 소중한 경험이다. 기상관측 항공기도 있지만 그것을 타보는 기회는 기상청 사람들에게도 한 번 있을까 말까 하다. 비행기의 승객으로서는 무섭지만, 비가 올 때는 공중에서 뇌전이 치는 적란운의 생생한 모습을 볼 수 있어 좋다. 팝콘이 부풀어 오르듯 적란운이 발생하는 과정을 관찰하고 있을 때면 일반적으로는 세로로 보이는 번개 줄기가 가로로 보이기도 하고, 떨어져 있는 구름끼리 정전기처럼 번개를 주고받기도 한다. 눈이 올 때는 비행기가 눈에 뒤덮일까 봐 무섭고, 비가 오다 그친 날에는 물방울에 산란된 다양한 기상 현상도 볼 수 있다. 국내선에서는 아주 맑은 날이 아니면 창가 자리를 포기 못 하는 이유도 그 때문이다. 하나하나가 귀한 공부의 기회다. 어딜 가서든 직업병을 버리지 못하는 스스로에게 한숨을 쉴 때도 있다.

혹시 후배들에게 이야기를 할 일이 생기면 꼭 하늘 위에서 구름 사진을 찍어놓으라고 말한다. 특히 맑은 날 구름 위를 비행할 때는 수증기가 반사되어 나타나는 다양한 기상 현상을 관찰할 수 있다. 교과서에서만 배운 지식을 실제로 보는 경험을 가장 많이 할 수 있는 곳이 하늘 위라니, 기상청에 들어온 사람들은 한시도 하늘에서 눈을 뗄 수가 없는 듯하다.

그러니 늘 여행을 가게 되면 주변 직원들에게는 공부하러 간다는 핑계를 댈 수 있다. 공항에 도착하면 공항의 날씨를 살피고, 비행기에서는 구름과 공중에서 생기는 난류를 경험하며, 기장님들이 늘 도착지의 날씨도 이야기해 주신다. 해외를 가는 날이면 한국에서 겪을 수 없는 날씨를 체험하고 오니 그야말로 자기 돈 들여서 공부하고 오는 셈이다.

승무원이나 조종사처럼 비행기와 직접적으로 관련된 공부를 한 사람들을 제외하면 비행기를 타고 여행할 때 가장 득을 보는 사람이 바로 기상청 직원들 아닐까. 바로 그 기상청 직원 중 한 명인 내가 이런 생각을 하면서 탑승

교를 사뿐사뿐 걸어 비행기 안으로 입장한다.

오늘 날씨는 맑고, 높이 올라가면 새털구름이 가득할 것이다.

태풍이 온다!

2019년은 유독 태풍이 잦은 해였다. 총 일곱 번의 태풍이 대한민국을 지나갔고 (언론에 의하면) 그래도 제법 잘 맞혔다고 한다. 2018년에는 태풍도 말려버리는 지긋지긋한 더위로 태풍 피해가 크지 않았다. 2020년에는 8월의 하구핏, 장미, 바비가 영향을 주었고 9월 초에 일주일 간격으로 한반도를 지나간 마이삭과 하이선에 의한 피해도 컸다. 제주도와 남해안에서는 연이은 태풍에 수해가 이어지는 어려움도 겪었다.

여름 대부분이 기상청의 업무 성수기라고 하지만, 태풍

이 다가온다는 소식을 들으면 바로 지금이 극성수기라는 생각이 들곤 한다. 기상청 사람들에게는 유독 고민되는 것이 많고 언론과도 계속 소통해야 하기 때문이다. 길게 는 닷새 전부터 모델들이 한반도를 겨냥해 달려나가면 헛웃음을 지을 수밖에 없다. 예보 관련된 부서들에서 다양한 분석을 통해 쉴 새 없이 이야기한다. 중앙 부서에서 가이드라인을 발표하면 각 지역에 맞게 전달하는 것은 지방청의 일이다. 기상청은 평균 이틀 정도 전부터 비상근무에 들어가는 일이 잦다. 언론과 유관기관 대응에 필요한 자료를 바탕으로 업무의 강도가 폭증하기 때문이다. 여름은 휴가철이기도 해서 특히 인천이나 서해안으로 들어오는 태풍은 수도권에 많은 영향을 미친다. 평소보다 이목이 두세 배 더 집중되는 것은 당연지사다.

지방 출신으로 입사하기 전 가장 불만스러운 부분은 언론의 이슈가 수도권 기상에만 집중된다는 것이었다. 입사하고 나니 기상청에서 발표하는 정보의 중요도는 다 비슷하다. 물론 수도권에 인구가 집중되어 있어 더 민감하기는 해도 안개가 자주 끼는 내륙지역이나 침수 피해가 자주 발생하는 저지대, 풍랑 피해가 큰 섬과 해안 지역 모두에 집중해 태풍에 대한 예보를 내린다. 하지만 정작 방송에 나가는 정보는 그리 많지 않다. 기상청이 발표한 자료를 근거로 자신들이 필요한 정보를 만드는 것은 언론의 역할이다. 기상청에서 직접 소식을 듣는 사람들보다 언론의 2차 가공 정보를 듣는 사람이 많으니 소식을 듣는 사람 중 어떤 이들은 내가 사는 지역에 대한 정보가 부족하다고 느낄 수밖에 없다. 태풍도 마찬가지였다. 부산과 창원 저지대가 잠겼던 태풍도 피해가 생긴 후에나 주목을 했지 그 전에는 남부 지방으로 태풍이 지나간다는 정도라 오히려 공영방송을 보는 우리 가족은 '그렇구나, 비가 또 오겠구나, 바람이 불겠구나'라고만 생각했다. 비슷한 강도의 태풍이라도 직격하는 지역에 따라 사람들이 체감하는 위력은 다른 것 같았다.

그렇지만 입사하고 나서 만난 모든 태풍은 전부 재난이었다. 한반도의 크기가 작은 만큼 완전히 남쪽으로 기울거나 서해 먼바다로 지나가지 않는 이상 대부분의 태풍은 전라도, 경상도, 충청도, 경기도와 강원도에 순차적으로 영향을 미친다. 제주도는 말할 것도 없다. 그냥 태풍의 단골집이나 마찬가지다. 괜히 태풍센터가 제주도에 있는 것이 아니다. 바람과 돌이 많다는 삼다도는 아마 태풍으로 돌이 날아다니는 장면을 표현한 것인지도 모르겠다.

기상청의 태풍 진로 분석이 이루어지기 시작하면 언론에서는 미국과 일본, 최근에는 노르웨이 같은 북유럽 국가들의 분석도 함께 내보낸다. 태풍이 한반도 가까이 왔을 때는 중국의 기상 분석도 고려한다. 각국에서 예보한 진로표를 한데 모아놓은 자료를 보면 같은 태풍에 대해 어쩜 그렇게 비슷한 듯 다른 예상을 할 수 있는지 감탄이 나온다. 보통 태풍은 오기 사흘에서 하루 전에 예보한 진로에 대한 평가가 이루어져서인지 태풍이 온다는 소식이 들리면 한숨부터 나온다. 지방에서 일하는 입장에서는 예보가 틀려도 태풍이 빗겨나가기를 원하지만, 성과와 예보 정확도를 생각하는 공무원 마인드의 일부분은 예보가 맞기를 바라기도 한다. 언론에 여러 번 두들겨 맞고 난 이후라면 더욱 그런 마음이다. 피해는 크지 않고 사람들이 체감하기에 '으앗, 태풍!' 정도로 생각될 수 있는 그런 태풍. 인생은 원하는 대로 되지 않아서 피해가 크면 큰 대로, 적으면 적은 대로 기상청은 늘 반성과 다짐을 해야 한다.

그래서 태풍이 예보에 있을 때는 그냥 바쁘다. 어딘가 어수선하고, 사람들이 예민하고, 할 일도 많고, 어쨌든지 간에 바쁘다. 마음에 여유가 없어서일지도 모르지만 유독 다른 날보다 태풍이 오는 날, 태풍이 오는 주는 시간이 천천히 흘러가는 듯하면서도 하루가 쏜살같이 사라져서 허무하다. 특히 '폭풍 전야'라는 말처럼 태풍이 오기 직전에는 바람이 세게 불 조짐만을 보일 뿐 평소보다 조금 후텁지근한 날씨, 묵직한 습도를 가진 바람 정도의 차이만 있다. 다른 회사도 그런 기분일까. 아니면 기상청에 다니는 탓일까. 밀려오는 흰 구름 떼를 컴퓨터 화면에서 확인하면서 점차 강해지는 바람과 숨이 턱 막히는 더운 공기를 느끼고 있으니 괜히 마음만 바빠지는 것인지도 모른다.

태풍이 오는 와중에 근무를 마치며 생각한다. 날씨를 변화시키고, 지구에게 꼭 필요한 존재이고, 가끔은 사람에게도 꼭 필요한 것이 태풍이다. 하지만 올 때에는 언제, 어디로 온다고 꼭 알려주고 층간소음이 발생하지 않도록 발을 살살 디디면서 방문하면 더 고마울 것 같다. 2018년처럼 날이 더워서 태풍이 오다가 말라버리는 일도 없었으면 한다. 그해는 한반도에 사는 사람에게도, 자연에게도 너무나 힘든 한 해였으니까. 자연이 움직이는 일이 단기적으로는 재해일지라도 장기적으로 꼭 필요한 일이라는 사실을 태풍을 보며 깨닫는다.

태풍에 관한 별것 아닌 TMI

1. 태풍이 만들어지기 전에 생기는 것이 TD(Tropical Depression), 열대 저압부라고 한다. 예를 들어 태풍이 갑자기 오키나와나 필리핀 어딘가에서 뿅! 하고 나타났다면 그 전에는 TD였던 것. TD는 24시간 이내에 태풍으로 발달할 것으로 예상되는 fTD와 24시간 이내에 발달하지는 않을 것으로 보이는 aTD로 나누어 분석하게 된다.

2. 태풍의 눈이 위치하는 지역은 굉장히 덥고, 날씨가 갑자기 맑아진다. 운이 좋으면 서 있는 지역에서 여기가 태풍의 눈이라는 것을 알 수 있을 만큼 주변으로 원형을 그리며 구름이 이동하는 모습을 볼 수 있다. 일하던 중에 딱 한 번 본 적이 있는데, 일이고 뭐고 앞으로 불난 듯 울릴 전화와 평소보다 길어질 회의에 진심을 가득 담아 집에 가고 싶었다. 당연히 가지 못했고, 당연히 그날 내 책상 위는 난장판이었다.

3. 태풍이 다가온다고 해서 무조건 비행기가 결항되지는 않는다. 오히려 큰 태풍의 안정적인 방향에 들어가면 맞바람이 강해 비행기가 잘 뜬다고 한다. 모든 비행기가 뜰 수 있는 것도 아니지만.

4. 태풍 이름의 유래에 대해 알아보는 일은 늘 재미있다. 베트남에서 제출한 2020년 제8호 태풍 '바비(BAVI)'는 커다란 눈에 구불거리는 머리를 한 인형이 생각나지만 산맥의 이름이라고 한다. 보통 여성형이나 귀엽고 부드러운 어감의 단어로 제출한다는 이야기가 많은데, 실제로는 평범한 단어들이 더 많다. 다만 여러 국가에서 제출하기 때문에 다양한 단어를 알게 된다. 바비는 노린 것인지 아닌 것인지 '겉으로는 부드러우면서 뜻은 산맥이라니!' 하는 생각이 든다.

5. 나무가 뽑히는 강력함에 대해 말로만 듣고 책으로만 배웠는데 2019년
   제13호 태풍 링링 때 실제로 목격했다. 나무가 날아간다는 건 사람도
   날아간다는 뜻이다. 태풍 때는 해안가와 바깥과 산 근처에 나가지 말
   고 실내에 있어 주세요. 제발.

하늘에서 사탕이 내려요

그날 아침은 유독 맑았다.

오후에는 소나기가 예보되어 있었지만 봄이 막 오는 중이라 따사로운 날씨가 참 보기 좋은 날이었다. 아침은 슬슬 포근해지고 있었다. 땅을 하얗게 물들이던 서리도 이젠 이슬로 변했다. 평화로운 아침이었다.

누가 알았겠는가. 그날 그렇게 엄청난 기세로 우박이 쏟아질 줄!!

고향인 경상도에서도 아주 남쪽에서는 우박 보기가 쉽지 않다. 소나기가 꽤 내리는 날이면 뉴스에서나 봤던 우박을 실제로 영접할 일이 있지 않을까 기대한 적도 있지만, 그 동네는 우박이 생성되기 힘든 조건을 가지고 있었나 보다. 나는 평생 우박을 본 일 없이 대학을 졸업했다.

우박을 제대로 처음 본 것은 어학연수를 갔던 캐나다에서였다. 하늘에서 비가 내리는 줄 알았는데, 맞으니 아파서 근처 건물의 처마 밑으로 가서 벽에 딱 붙어 섰다. 톡톡 소리를 내면서 지면에 동그란 덩어리들이 떨어졌다. 수없이 많은 사탕 덩어리들이 한여름에 눈이 오는 것처럼 쌓여가던 광경은 정말로 충격적이었다.

캐나다 내륙지역 중에서도 로키산맥에 가까운 곳들은 우박을 자주 겪는다. 여름에도 아침저녁으로는 서늘한 공기인데 한낮에는 기온이 높이 올라간다. 바로 그때 산맥을 타고 내려오는 공기가 불안정해지면 우박을 뿌리는 구름이 종종 생긴다. 공기도 깨끗하니 아주 가끔 그 우박을 그대로 퍼 담아 시럽을 뿌려 먹는 이벤트도 열린다. 두껍게 쌓인 우박의 가장 위쪽, 땅에 닿지 않은 부분을 푼 다음 메이플 시럽을 뿌려주는데, 생긴 모양은 딱 구슬 아이스크림이고 한입 집어넣으면 사탕 같기도, 얼음 같기도 하다. 물론 장난삼아 하는 이벤트일 뿐 실제로는 그리 깨끗하지 않을 수도 있으니 한국에서는 절대 하면 안 될 일이다. 공장이 거의 없는 청정 지역에서나 가능한 이벤트 니까.

두 번째로 본 우박은 크기가 아주 작은 쌀알 같은 모양 이었다. 지붕 위로 떨어지는 우박에서는 토독토독 소리가 났고, 한여름인데도 바닥이 온통 흰색이었다. 마치 겨울 이 갑자기 찾아온 것처럼 바람도 서늘하게 불었다. 내게 는 그것이 즐거운 이벤트였다. 살고 있던 집의 사과나무 가 상할까 봐 얼른 그물을 덮어주기도 했다. 찍은 사진의 날짜를 확인해 보니 8월 20일이다. 그곳 사람들은 고작 우박 정도로는 짜증도 내지 않았다. 매년 온 도시에 우박 이 떨어지니 그럴 법도 했다.

우박은 지상에서 강한 상승류를 만나서 형성된다. 상승 한 공기는 주변보다 따뜻한 채로 더욱 높은 곳으로 올라 가고, 공기 안의 수증기는 급격하게 얼어버린다. 얼어버 린 수증기가 무게와 다른 이유들 때문에 하강하는 과정 을 반복하면서 주변의 수증기를 끌어모은다. 길게 설명했 지만 얼음덩어리 하나가 기류에 의해 상승과 하강을 반복 하면서 커지는 현상을 상상하면 된다. 상승류가 얼음덩어 리를 띄워주는 힘보다 무게로 인해서 자유낙하 하는 힘이 더 커지면 그대로 지면을 향해 떨어지기 시작하는데, 그 낙하하는 얼음덩어리들이 바로 우박이다.

남쪽 지방에는 상층에 충분한 한기가 없고, 여름에도 상층까지 따뜻한 기단의 영향을 받기 때문에 비교적 우박 발생 가능성이 적은 편이다. 우박이 발생하려면 상하층 온도 차가 커야 하므로 해안보다는 내륙에서 관측되는 경우가 잦다. 해안은 바다의 온도가 땅의 온도보다 시원해서 온도 차를 완화하기 때문이다.

우박은 보통 싸락우박과 우박으로 나뉘는데, 싸락우박은 직경이 0.5cm 정도의 작은 우박을 말하고 우박은 보통 직경 1.0cm가 넘는 것들을 말한다. 싸락우박은 피해가 덜하고 금방금방 녹는 편이지만, 우박의 지름이 커지면 녹기가 힘들고 피해 또한 커진다. 공중에서 우박을 맞은 비행기의 유리창에 금이 가는 사고가 난 적도 있다. 농산물에 미치는 피해는 말할 것도 없고, 자동차 유리에 떨어지면 마치 총탄을 맞은 것처럼 금이 가기도 한다. 자주 생기지는 않지만 발생했을 때의 파급력도 크다. 한창 더울 때보다는 날씨가 급변하는 날 잦게 발생하는 현상이라 더욱 그렇다. 기상청 예보관들도 가능성을 열어두고 레이더에서 포착되는 작은 신호들을 잡으려 노력한다.

기상청에 들어와 여러 지역에 발령을 받아 일했지만 제대로 된 우박을 경험하는 것은 그날이 처음이었다. 특히 20분 이상 길게 떨어지는 것도, 우박이 녹지 않고 지면에 쌓이는 것도 한국에서 경험하리라고는 생각하지 못했다. 추억으로 미화된 캐나다에서의 우박이 삽시간에 민원 전화가 잔뜩 오고 사고 위험이 높은 일거리로 바뀌었다.

"우박을 포함한 기상 에코는 저희 지역을 30분 안에 모두 통과할 것으로 예상됩니다. 그 후에는 비바람이 잦아들겠으니 조금만 더 기다려 주세요."

우박은 워낙 좁은 공간 안에서 일어나는 현상이라, 우리 동네에는 우박이 떨어져도 4~5km 떨어진 옆 동네에서는 잠깐 소나기만 지나가는 경우도 있다. 다행히 내가 있던 지역은 농사를 짓는 분들이 많지 않아 그에 대한 걱정은 조금 덜었다. 내가 그날 담당이 아니었다면 평소보다 조금 특별한 일상이라고 생각할 수 있었을 텐데 근무에 들어가는 순간 민원인의 걱정은 내 걱정이 되고 만다. 여름이면 한창 과일이 익어갈 때인데 복숭아나 사과 농사는 괜찮을지, 일터로 가시던 어르신들은 무사하실지, 인명 피해는 없을지 더욱 깊이 생각하게 된다. 아, 기상청의 장비들도. 우박이 떨어지는 힘은 의외로 강해서 섬세한 조정을 필요로 하는 장비들이 큰 우박에라도 맞았다가는 고장 나는 일이 잦기 때문이다.

더운 여름 기상청 성수기답게 잔뜩 비를 머금고 들어오는 구름들이 우박은 품고 있지 않을지 오늘도 걱정이다.

당신의 인생 날씨는

기상청 사람들이 좋아하는 날씨가 있다. 사람마다 다르기는 하지만 대부분은 맑은 날씨를 좋아한다. 예보를 하는 사람이라면 조금 더 자세하게 말할 수 있을 것이다. 난기와 한기가 싸우다가 한기가 점점 내려오기 시작하면서 기압계부터 달라지기 시작한다. 흔히 이야기하는 '남고북저' 형태였던 기압이 조금씩 변화하는 시기다.

아침 최저기온이 20도를 넘나들기 시작했다. 유난히 더운 날이 짧은 여름이다. 2018년에 에어컨도 없이 여름을 나던 기억이 악몽으로 남은 나로서는 사실 덥지 않은 여름이 반가웠다. 하지만 7월의 반 이상과 8월 초 내내 비가 내렸던 것을 생각하면 마냥 좋았던 여름도 아닌 것 같다. 겨우 비가 끝나고 더위가 오나 싶었는데 남쪽에서 태풍이 몇 개 지나갔다. 태풍은 가을을 몰고 온다. 바람이 쌀쌀해지고 아침저녁으로 조금씩 서늘한 기운이 느껴지는 날이 시작되었다.

세상에, 벌써 가을이라고?

요즈음은 9월에도 여름 기운이 가시지 않은 날이 많다. 하지만 24절기 중 9월 7일이 백로다. 가을 기운이 완연하고 곡식에 이슬이 맺히는 것을 보고 지은 절기의 이름이라고 한다. 백로는 이슬을 한자로 일컫는 말인데, 흰 백자에 이슬 로 자(白露)를 쓴다. 흰 이슬이라니, 이름도 참 예쁘다. 이 뜻대로라면 지금이 가을이 되는 것은 맞다. 신기하게도 태양 절기는 비교적 잘 맞아떨어질 때가 많다. 그렇게 덥다가도 입추가 지나면 앞뒤 날을 경계로 더위가 한풀 꺾이기도 하고, 그렇게 따스하다가도 몰래 찾아온 손님처럼 찬바람이 스며든다.

내가 가장 좋아하는 날씨가 요맘때다. 저녁에 창을 열어놓고 자도 습기나 답답함이 아닌 서늘한 바람이 찾아오고 톡톡한 이불이 그리워지는 날씨. 그 속에서 나른한 햇볕을 즐기면서 책을 읽으면 잠도 잘 오는 그런 날씨. '이제 얼마 안 있으면 올해가 저물겠구나, 지금까지 세웠던 내 목표들을 정리해 보자' 하고 생각하는 날씨 말이다.

날씨를 예보하고 있으면 그런 변화를 가장 빨리 알아챌 수 있다. 결과적으로는 내가 내는 예보를 통해서 깨닫기도 하지만 그전에 의외로 꽤 먼 곳에서부터 조금씩 조짐이 보이기 시작한다. 상층에 있던 찬 공기들이 점점 남쪽으로 내려오기 시작하는 그 신호가 첫 번째다. 수직으로 온도 차가 비교적 크지 않은 여름에는 상층의 강한 바람인 제트류가 러시아나 중국 북부 먼 곳에 위치하고 있을 때가 많다. 그 제트류가 조금씩 내려오기 시작하면 '아, 지상의 기온도 낮아졌구나' 하는 것이 느껴진다. 거기에 상층 제트류는 새털구름과 함께 찾아온다. 아주 작은 얼음 알갱이들이 모여 깃털처럼 하늘에 살짝 바람의 흔적을 놓고 간다. 그 바람을 알아챌 수 있는 것이 바로 300hPa의 일기도다.

보통 중학교나 고등학교 과학 시간에 배우는 'hPa'는 헥토파스칼(Hectopascal)의 줄임말인데, 앞의 헥토(Hecto)는 100을 의미하고 뒤의 파스칼(pascal)이 대기압의 단위다. 여기서 파스칼은 많은 단위들이 그렇듯 유명한 학자의 이름인데, 수은을 이용해 진공과 압력에 관한 실험을 했던 프랑스의 수학자다. 1평방미터의 넓이에 1N(뉴턴)의 힘이 작용하는 것이 파스칼의 기준인데, 여기까지 설명하면 과학 수업이 된다. 쉽게 이야기하자면 대기가 주변을 향해 가지는 힘을 이야기한다.

조금 덧붙이자면 지구에서 높이 올라갈수록 중력가속도가 작아지기 때문에 일반적인 길이나 높이의 단위(주로 m, km, ft 같은)를 사용하면 기압계를 잘 나타내기가 힘들어진다. 대부분의 기압계는 어떤 등압면 상에서의 gpm(지오 포텐셜 미터)로 나타내는데, 이것은 중력가속도의 변화를 감안한 고도의 단위다. 고도가 낮을수록 우리가 보통 쓰는 수평거리인 미터(m)와 그리 다르지 않은 값을 보인다. 300hPa에 나타나는 제트는 주로 애매한 간절기에 많이 보인다.

이렇게 다양한 일기도 분석을 하는 순간, 작은 신호들을 보면서 예보관들은 가을이 오는 것을 느낀다. 점점 낮아지는 최저기온과 아침저녁으로 이슬 예보를 해야 할 때. 복사안개에 대한 걱정이 생길 때나 불안정이 강해지

지 않는 때. 올해도 곧 그런 때가 오겠지. 이번 가을에는
또 어떤 인생 날씨들이 남아 있을까 궁금하다.

　내가 좋아하는 날씨들이 찾아오는 때에 예보를 내는 그
맛에 아직도 예보에서 손을 떼지 못하나 보다.

마음도 흔들렸던 날

며칠 전 날씨가 좋아서 행복해하며 하늘을 보았다. 9월에는 기억에 남는 사건들이 많다. 세계적인 충격을 주었고 어렸던 내게 '실시간으로 건물이 무너지는 모습이란 저런 것이구나' 하는 생각이 들게 했던 2001년의 9.11 테러가 가장 큰 기억이다. 부산 인근에 상륙해서 어른들이 밤새도록 유리창 앞을 지키게 했던 2003년 9월 12일의 태풍 매미도 아픈 기억이다.

입사 이후 가장 기억에 남는 재해를 꼽으라면 역시 2016년 9월 12일에 한국을 공포에 몰아넣었던 경주 지진이다. 내가 겪어본 것 중 가장 언론의 보도와 피해가 컸던 지진이어서인지도 모른다. 한 사람의 국민으로서 느꼈던 감정이 아닌, 지진을 분석하고 피해를 줄이는 업무가 있는 기관에서 일을 하며 지진이 일어난 바로 그때의 상황을 눈앞에서 생생히 보는 것은 인생에서 몇 번 할 수 없는 경험이기 때문이다.

그 전까지 내가 가장 크게 느꼈던 지진은 2005년 일본에서 일어났던 것이었다. 내가 살던 부산은 당시 지진이 났던 도시인 후쿠오카와 그리 멀지 않았고, 고등학생이던 나는 단과 학원의 부실한 가건물 안에서 수업을 받고 있었더랬다. 당시에는 지역마다 유명한 학원이 있어서 시내 여러 학교의 학생들이 저녁이나 주말마다 단과 학원으로 모이곤 했다. 지역 유명 강사였던 그 선생님의 수업에는 200명 정도의 학생들이 수강을 하고 있었다. 우르릉 하는 소리와 함께 건물 전체가 파도 타듯이 흔들리기 시작했다. 책상과 철판, 선생님의 옆에 있던 에어컨까지. 좁은 단상 위의 선생님은 자칫 에어컨이 쓰러질까 붙잡으며 출입문을 열어놓고, 혹시 모르니 천장이 무너질 위험이 있는지 보고 계셨다. 가지고 있던 두꺼운 수업 교재로 머리 위를 막고 있으라는 이야기도 함께였다. 지금 생각하면 수업을 중단하고 천천히 대피를 해야 했을 일이었고 학교에서도 모두 그렇게 안전 교육을 하고 있지만, 당시 경남에서 지진이라는 존재는 일본에서 큰 지진이 나면 우리도 약간 느낄 수 있는 딱 그 정도의 일이었다.

그 지진은 내가 몇십 초간을 길게 느낀 첫 지진이 되었다. 그 후로 전공을 대기환경과학으로 정하고 다른 전공과목을 들으면서 지진에 대해 더 알게 된 후, 입사를 하고 나서도 지진은 그저 가끔 땅이 조금 흔들리는 정도의 일이었다. 예보 업무를 하면서도 마찬가지였다. 진도 2~3의 지진 정도는 어디서나 일어날 수 있고, 지진이 발생한 동네를 벗어나면 몸으로 느끼는 사람은 적었다.

지진을 가장 처음 알리는 곳은 기상청의 지진화산감시과다. 그곳의 직원들은 주로 우리나라와 세계에서 발생하는 지진과 화산활동을 분석한다. 지방의 예보관들은 예보 업무와 더불어 지진 감지 장비에 대한 현지 관리와 지진에 관련된 민원을 수집하는 업무도 담당하고 있다. 그렇게 수집된 정보가 지진화산감시과로 전달된다. 주요 업무가 아니라고 생각했기 때문인지 지진 관측 보고나 지진 알림은 날씨가 나쁜 와중에 일거리를 늘려주는 성가신 일이라는 생각도 해본 적이 있다. 그 생각들이 정말 정반대로 뒤집어진 것이 그때의 지진이다.

조금 더워서 여름 근무복을 입고 구름이 가는 것을 보면서 소나기가 오지 않을까 걱정했던 낮 근무일이었다. 그날도 평범한 퇴근길이 시작되려고 했다. 날씨도 나쁘지 않은 비교적 평온한 날이었다. 당시 기상청 예보관들의 퇴근 시간은 8시였다. 인수인계를 하면서 교대 근무자들과 사담을 나누던 중, 평소 남들보다 지진을 조금 더 빨리 느끼는 나는 땅이 조금 울렁인다고 생각했다. 가끔 빈혈을 느끼거나 컨디션이 좋지 않을 때도 비슷한 감각이기에 '오늘 꽤 피곤했나……?' 하고 생각하는 정도였다.

"지진이 발생하였습니다!"
"지진이 발생하였습니다!"
"지진이 발생하였습니다!"

불길한 알람이었다. 바로 그 순간 사람들의 휴대전화에 경보음과 함께 지진 문자가 속속들이 도착하기 시작했다. 지진 조기 경보를 알리는 SMS형식의 재난문자였다. 재난문자는 정말로 국민에게 경각심을 필요로 할 때만 울리는 것이 일반적이기에 온몸에 소름이 돋았다. 조금 후 서울까지 느껴졌던 지진이 경주를 강타했다. 우리나라로서는 겪기 힘든 최초 규모 5.1의 강진이었다. 순식간에 사람들의 눈빛이 바뀌었다. 특히 지진화산감시센터의 사람들은 더했다. 조용했던 센터가 부산해지고 커다란 화면에 쉴 새 없이 각 지진관측소로부터 들어온 신호가 가득 찼다. 과학 책에서나 볼 법한 뚜렷한 P파(수직파, 빠른 속도의 지진파)와 S파(수평파, 비교적 느린 속도의 파동)의 파장들이 몇 초, 몇 분 간격으로 올라갔다. 한 번만 일어나고 말 지진이 아니었다. 더 강한 지진이 올지도 모른다. 분위기는 더욱 심각해졌다. 내일의 근무를 준비해야 하는 예보관들은 퇴근을 해야 했지만, 지진화산감시센터는 그때부터가 비상근무의 시작이었다. 예보실 안의 전화기들이 마치 모터라도 단 듯이 울리기 시작했다. 기자들과 직원들과 민원 전화가 가득했다.

자잘한 지진 외에는 일어나지 않을 것이라고 안일하게 생각했던 나 자신이 부끄러웠다. 큰 피해가 날 수도 있는 업무를 소홀히 생각했던 마음은 그날 완벽하게 흔들려 무너졌다. 내가 맡은 업무는 아니지만 지진과 화산 담당 부서는 한국보다는 국외의 지진 업무가 더 과중할 것이라는 가벼운 생각도 허물어졌다. 대한민국도 절대 지진의 위험에서 안전할 수 없는 나라임을 그날 전 국민이 깨달았으리라. 그리고 얼마 시간이 지나지 않아서 포항 지진이 한번 더 일어나 경북 사람들에게는 잊히지 않을 슬픈 기억을 남기기도 했다. 그 이후로 지진과 안전에 대한 교육이 강화되고 있고, 누구나 한 번쯤 '내가 있는 곳에서 지진이 난다면 어디로 피신해야 하지?'라는 생각도 하게 되었다. 한동안 물과 건조된 식량을 담은 가방처럼 재난 상황에서 생존할 수 있게 도와주는 '생존 키트'가 유행하기도 했다. 국민의 요구와 정부의 주도로 안전에 관련된 법도 세밀하게 정립됐다.

날씨가 좋아도, 한가해 보여도, 지구는 숨 쉬고 있다는 것을 쉴 새 없이 보여주는 곳. 날씨 예보처럼 내일, 또는 주말, 때로는 올해의 날씨처럼 긴 시간을 두고 예보하지는 않지만 그곳의 사람들은 1초라도 더 빨리 지진 예측을 제공하기 위해 마음 졸이는 하루를 보내고 있다.

단 한 명이라도 더, 단 한 걸음이라도 더 위험에서 빨리 피할 수 있도록.

우리가 밟고 있는 땅이 가장 위험해질 때, 모두가 그것
을 알 수 있도록.

한가위 같으면 안 되었던

"B주임, 너 말이야, 추석이라고 방심하면 안 되는 거야."

추석이고, 날씨가 좋았다. 예보 모델들은 깨끗한 하늘
을 그리고 있었다. 완연한 가을 날씨였다. 중간중간 과장
님들이 다녀가시며 봐둔 주전부리도 잔뜩 있었다. 추석날
근무이기는 했지만 어차피 싱글인 나는 가족들과 큰댁에
올라가 남자 친구는 있냐, 연봉은 얼마냐 같은 질문만 듣
게 될 것이 분명했다. 지방으로 내려가는 데 드는 시간과
교통비를 생각하면 오히려 안 가는 게 이득이다 싶었다.
평온한 기분으로 옆에서 폰을 뒤적거리는 나를 보시던 선

배 예보관님께서 말을 걸어왔다. 추석이라 방심하다니, 나를 꿰뚫어 본 것 같은 말이다.

"추석이라서 방심하는 건 아닌데요."
"날씨가 이렇게 좋아도 한순간에 바뀔 수가 있어."

뜨끔하긴 했다. 공휴일이라 청 내에는 몇몇 당직자를 제외하면 사람이 없었고, 그 말은 예상치 못한 손님도 없다는 것을 의미했다. 내 자리가 입구에서 가장 가까운 쪽이어서 늘 예보상황실에 들어오는 사람들을 예의 주시해야 했다. 예보관님은 믹스커피를 한 잔 홀홀 말아 드시더니 차착차착 마우스를 클릭해서 내 쪽으로 모니터를 돌려주셨다. 위성사진 하나가 떠 있었다. 화질이 지금보다 훨씬 나쁘던 시절에도 선명하게 빛나는 희고 둥근 구름대가 중부지방을 지나고 있었다. 비를 뿌리며 약해져야 할 구름대가 결국 태백산맥을 넘을 정도로 힘을 잃지 않고 있었다. 시간에 따라 구름이 변화해 가는 모습은 기상청에서 일하지 않을 때에나 신기한 현상이다.

그 위성사진은 너무도 유명해서 나도 가끔 찾아보는 사진이었다. 10여 년 전의 사진임에도 구름의 특이했던 모습을 잊을 수가 없다. 그때 대학생이던 나는 추석을 맞아 친척 댁에 놀러 가 있었고, 경상도의 날씨는 대체로 나쁘지 않아서 화창한 명절을 즐기고 있었더랬다. 서울은 내게 먼 도시였으니 서울에 살던 친구가 내게 사진을 보내주지 않았다면 아마 별생각 없이 지나갔을 것이다.

사진의 날짜는 2010년 9월 21일이다. 음력으로 치자면 8월 14일. 딱 추석 연휴였다. 강산이 한 번 바뀔 정도로 오래된 일인데 유독 사람들의 기억에 이 사진이 남아 있는 이유는 서울에 비가 가장 많이 왔기 때문일 것이다. 그날 서울에는 260mm 가까운 비가 내렸다. 9월에, 그것도 9월 초가 아니라 9월 말인데 그렇게 많은 비가 내리는 것은 기상관측의 순위를 갈아치울 만한 일이었고, 11년이 지난 지금도 그 기록은 깨지지 않았다. 인터넷 커뮤니티에는 배수가 제대로 되지 않아 생긴 여러 가지 일들의 사진이 올라왔다. 강남의 한 맨홀에서 물이 분수처럼 솟아오르거나, 버스 입구 바로 앞까지 물이 찰랑찰랑하게 차 있는 시내의 정경 같은 것이었다. 가장 비가 많이 왔을 때는 시간당 100mm. cm로 환산하면 시간당 10cm가 쏟아진 셈이다. 10cm가 많지 않은 것처럼 보여도, 배수가 하나도 되지 않는다면 해수면이 10cm 올라간 것이나 다름

없다.

추석이라 많은 사람들이 지방으로 빠져나가 있던 날이
었다. 그럼에도 1만 명이 넘는 이재민이 발생했다. 21세
기 서울에서 호우 이재민이라니. 다른 지역보다 빠른 시
간 안에 복구가 되기는 했어도 예상 못 한 사람들이 많았
을 것이다. 경기도나 강원도에서는 실종자도 발생했던 추
석의 비. 그 비에 대해 이야기해 주시는 분이 꽤 많았다.

예보관님의 옛날 날씨 썰을 듣는 것은 한가할 때나 가
능한 일이다. 방심이라는 말로 시작한 이야기가 '라떼는
말이야' 파티로 이어졌다. 예보관님들의 이야기는 훌륭한
간접 경험이 되기도 한다. 각자 위험했던 순간이 있었고,
이날의 주제는 바로 그날의 일이었다.

당시 서울은 이미 비가 예보된 상황이었다고 한다. 추
석이었기 때문에 서울 인구 중 많은 수가 지방으로 내려
가 있었다. 다만 예상 강수량 자체는 많지 않았다. 전날
까지도 그랬다. 그런데 당일 아침의 상황이 심상치 않았
다. 예보 모델에서도 점점 더 많은 강수를 예상하게 되었
고 분석된 일기도들도 정체전선이 생기는 한반도 중부,
그러니까 딱 서울쯤에서 온도 차를 엄청나게 크게 그려놓

았다. 저 멀리서 태풍이 올려다 놓은 따뜻한 공기도 한몫했을 것이다. 강수가 강해지지 않을 거라는 낙관적인 예측은 모두의 오판이었다. 상황은 순식간에 바뀌었다. 수증기 채널의 위성 영상을 시간순으로 보고 있으면 차가운 공기와 따뜻한 공기가 부딪혀 섞이는 그 지점에서 계속 구름들이 만들어지며 공기의 층으로 만들어진 길을 타고 들어온다. 보기에는 신기하고 예쁘지만 그 아래에서 비를 맞는 지역은 재난도 그런 재난이 없다.

그날은 기상청 사람들에게 쓰디쓴 기억을 만들기도 했다. 특보가 평소보다 늦게 나갔고, 결과적으로 서울은 물난리가 났다. 서울의 노후한 배수 시스템과 추석이라 대응 인력이 적었다는 점을 비롯해 이런저런 문제들이 합쳐져서, 중부지방에는 전후 몇 년 동안 가을비치고는 재난이 많았던 큰 비로 기록되었다. 당시 예보관님들은 예측을 제대로 하지 못한 죄로 감사원에 가서 상황 설명을 하시기도 했다. 내게도 충분히 그런 일이 생길 수 있다. 간담이 서늘했다.

"그러니까 B주임도 예보 낼 때 잘 봐. 혹시 선배 예보관들
  이 못 본 걸 B주임이 볼 수도 있으니까."

이야기를 듣는 날만은 군인 못지않게 각 잡힌 공무원이 되는 나는 망설임 없이 "네!"라고 외쳤다. 다행히 그해 추석은 무사히 넘어갔다. 뿐만 아니라 몇 년째 추석 때는 비가 오지 않고 적당히 좋은 날씨가 이어지고 있다.

아직도 추석이 되면 나이가 지긋하신 예보관님들 사이에서는 그때의 이야기가 화제로 오른다. 아마 중부지방에서 예보를 냈던 사람들이라면 다들 한 번씩은 들어본 이야기일 것이다. 그때의 아픈 기억은 기상청 2층 예보센터의 입구에 항상 방심하지 말라는 의미의 일기도로 남아 있다. 때때로 2010년생 학생들이나 2010년을 기억할 만한 사람들이 견학을 오면 소개해 주곤 하는 일기도다. 평소 지나다니면서는 익숙함에 지나치지만, 이렇게 선배에게서 후배로 이어져 내려오는 이야기들을 들으며 마음을 다진다.

최선은 예보를 잘 내는 것, 차선은 실황 대처를 최대한 빨리하는 것, 최악은 아무것도 하지 않는 것이라고.

영원한 숙제, 미세먼지

원룸에 살던 시절이었다. 옆집에 사는 내 또래의 여성분
은 기관지가 유독 약한지, 여름밤 창문을 열어놓으면 얇
은 벽과 가까운 창문 사이로 기침 소리가 스며 들어오곤
했다. 그 기침 소리가 들려온 다음 날 즈음에는 기다렸다
는 듯 출근해서 본 미세먼지 예보가 '매우 나쁨'을 알리고
있었다. 비교적 둔한 내게는 신기한 일이던 기억이 난다.
비 오는 날을 알리는 할머니의 무릎 같은 존재였다.

　내 방은 북향이었다. 환기도 제대로 되지 않는 4평 남
짓한 방 안에서 나쁜 공기로 기침을 하던 그분은 원룸을
떠나 공기 좋은 곳으로 이사했을까, 또는 공기청정기를 구

입했을까. 아니면 아직도 그곳과 비슷한 방 안에서 목이 텁텁한 날에 기침을 하고 있을까. 문득 얼굴 한 번 보지 못하고 기침 소리만 들었던 그분의 안부가 궁금해졌다.

봄가을철이 되면 미세먼지 소식이 기승을 부린다. 예전에는 황사라고 했지만 요즘은 미세먼지에 초미세먼지로 세분화되어 있다. 공기청정기도 흔한 가전이 되어 차량용·휴대용 공기청정기까지 생겼다. 언젠가부터 우리는 미세먼지를 방어하기 위한 삶을 살아가고 있다. 코로나19 이전에는 미세먼지 흡입을 방지하기 위해 마스크를 쓰고 다녔다. 살기 위해 가장 기본이 되는 공기조차 마음대로 들이쉬고 내쉴 수 없는 현실. 그럼에도 더 깨끗한 공기를 찾아서 훌쩍 떠날 수 있는 환경이 아니다.

코로나19로 세상이 멈췄던 2020년 상반기에는 공장 가동이 중지되면서 일어난 여러 일들이 보도되곤 했다. 그때 보도된 여러 사진 중에서 내 마음에 가장 감동을 준 것은 인도의 공장이 멈추자 히말라야가 보이기 시작한 사진이었다. 인도 북부의 한 마을에서 찍은 그 사진은 풍경화처럼 멀리 우뚝 솟은 히말라야 산맥을 보여주고 있었다. 거리는 약 160km. 그럼에도 눈앞에 산이 있는 것처럼 깨끗하게 보이는 사진은 언론에서도 깊게 다뤄졌다. 까맣게 먼지가 내려앉은 공장들 사이로 보이는 흰 산맥의 대비가 선명했다. 중국의 공장들이 멈추면서 우리나라도 중국도 미세먼지가 전반적으로 줄어들었다는 보도도 여러 번 있었다. 인천국제공항 인근의 주민들은 공항에 비행기가 이착륙하면서 나는 타이어 타는 냄새가 줄었다는 이야기를 하기도 했다. 인간이 하는 산업들은 대체로 환경에 좋지 않은 것 같았다.

미세먼지는 시야를 통해 가장 빠르게 느껴지지만, 높은 타워의 불빛을 통해서 알 수 있기도 하다. 남산 근처를 지날 때면 N서울타워(흔히들 말하는 남산타워)가 여러 색으로 빛나는 모습을 종종 볼 수 있다. 푸른색부터 붉은색까지, 한강 너머에서 봐도 오늘의 미세먼지 상황을 쉽게 알 수 있는 지표다. 외출이 뜸해져 남산이 보이는 장소를 간 횟수가 적기는 하지만, 작년과는 달리 붉은색으로 표시된 날이 많지 않았던 것으로 기억한다. 많은 서울 시민이 그 조명을 보고 올해는 공기가 좋다고 생각하지 않았을까?

기상청 내에서는 미세먼지가 크게 다루어지기 전까지 황사특보(주의보·경보)를 통해 미세먼지까지 통합해서 내는 추세였다. 그랬던 것이 미세먼지 이슈가 본격화되자 더욱 세분화하고 자세하게 예보하기 위해, 미세먼지 관련 예보와 특보를 국립환경과학원과 한국환경공단으로 각각 이관했다. 예보는 국립환경과학원의 대기질 통합예보센터에서, 특보는 각 시·도 지자체에서 실시간 값을 기준으로 지역에 맞게 발표한다. 이 중 기상청과 밀접한 관련이 있는 곳이 바로 대기질 통합예보센터다.

국립환경과학원 예보사들과 기상예보관들은 기상청에서 함께 근무한다. 큰 소속은 환경부지만 미세먼지 이슈가 아니었다면 교류할 기회가 적었을 직원들이다. 하지만 지금은 한솥밥을 먹는 사이! 미세먼지와 황사가 분리된 것은 발생 원인 탓이 크다. 기상청은 자연스러운 대기의 영향을 예보하는 곳이다. 그러나 미세먼지의 존재는 자연적 영향인 황사와는 다르게 인적 영향을 많이 받는다. 중국에서 오는 기류의 영향도 있지만 도시 내 영향도 무시하지 못할 수준이라는 것은 널리 알려져 있다. 하지만 미세먼지가 퍼지는 것은 대기의 이동에 따라 달라질 수 있고, 비나 눈 같은 강수 현상에 따라 그 영향의 정도가 굉장히 차이 난다. 두 기관이 상부상조하게 된 데에는 이런 사정이 있다.

대기과학에 오래 몸담은 지금도, 내게 미세먼지에 관한 설명은 어렵기만 하다. pm10(지름이 10㎛ 이하인 먼지)과 pm2.5(지름이 2.5㎛ 이하인 먼지)의 차이는 과학 시간에 조금만 관심이 있다면 들을 법한 이야기라고 생각한 적이 있었다. 하지만 미세먼지 예보에는 계절에 따라 오존(O_3)이 추가된다. 단순한 물리적 현상뿐만 아니라 화학적인 지식까지 갖추어야 설명을 할 수 있는 분야다.

미세먼지 예측이 나쁜 날이면 기상청에서는 영상 회의를 통해 미세먼지에 대한 브리핑을 함께하곤 한다. 잠깐만 들어도 그곳의 예보관들은 대기의 이동, 산업 시설의 활동, 계절에 따른 사람들의 활동까지 많은 요소를 신경쓰고 있었다. 기상예보도 다양한 변수가 합해진 복잡한 과학인데 거기에 미세먼지를 뿌리니 그 복잡함은 '가까이하기엔 너무 먼 당신'이 된다.

2015년 이후, 초미세먼지와 미세먼지 농도의 절대값은 조금씩 줄어드는 추세다. 2019년 12월부터는 환경부에서 국내 정책으로 미세먼지 계절관리제를 시행하고 있기도 하다. 그런데도 우리가 느끼는 미세먼지의 위험성은 더 커졌다. 전공자나 알던 지식이 보편적인 것이 되었다.

예전보다 더 많은 인구가 수도권에 집중되어서 그런 걸까? 미세먼지 예보팀과 서로가 서로를 돕는 동행을 하면서도, 미세먼지 예보가 중요하지 않은 세상을 꿈꾼다. 통합예보실의 직원들은 꼭 필요한 존재들이지만 미세먼지 없이 깨끗한 세상이 오면 얼마나 좋을까!

이야기 자료 조사:

기상청 www.kma.go.kr
국립환경과학원 www.nier.go.kr
에어코리아 www.airkorea.or.kr
KBS뉴스 news.kbs.co.kr
국가통계포털 kosis.kr

사계절이 와, 그리고 또 떠나

매년 봄이 되면 언론에서는 서울에 벚꽃이 언제 피는지 앞다투어 보도해 댄다. 그중 자주 나오는 주제는 바로 그 '기준'이다. 각 장소마다 계절관측을 하는 기준이 있다. 서울의 벚꽃 계절관측 기준은 서울시 종로구 송월동의 서울기상관측소 앞에 있는 계절관측목이다. 윤중로에 암만 벚꽃이 피어도 서울기상관측소에 피지 않으면 개화한 것으로 인정하지 않는다. 서울기상관측소 앞의 관측목은 윤중로에 개화하는 벚꽃보다 체감상 하루 이틀 정도 늦다. 강의 남쪽과 북쪽 차이인 걸까.

벚꽃이나 개나리야 이제 전국 어디든 많이 보이는 나무

이니 관측하기가 어렵지 않다. 문제는 생물이다. 동물 계절관측은 나비, 개구리, 제비, 잠자리, 뻐꾸기, 매미가 있다. 예전에는 뱀이니 종달새니 하는 다양한 생물이 있었는데 사라진 사연을 생각하면 조금 슬프다. 더 이상 도시에서 그런 생물들을 보기 힘들어진 현실 때문이다. 더욱 슬픈 것이 있다. 도시에서만 자란 직원들은 종달새 소리와 뻐꾸기 소리를 구분하지 못하고, 자연을 돌아다니는 뱀을 한 번도 본 적 없는 경우가 많다. 개구리도 마찬가지다. 제비도 크게 다르지 않다. 서울에서는 특히.

예보를 하면서도 기후변화를 꽤 많이 느끼는 편인데, 관측 업무는 더하다. 코스모스는 이제 연중 피는 꽃이나 마찬가지인 느낌으로 다가오고, 얼마 전에는 가을인데도 따스한 기온으로 나무들이 벚꽃을 피워냈다. 특히 2019년 겨울이 심했는데, 워낙 따스해서 한겨울에 개나리가 피기도 했다. 다행히 나무 대부분은 봄에도 꽃을 잘 피워내긴 했다. 잠깐 이상기후 현상을 보이나 했더니 2020년에는 본격적인 겨울이 되기도 전에 일찍 잠을 깬 벚나무와 개나리가 여럿이었다. 깊어가는 가을에 봄꽃을 보는 일이 신비롭고 반갑지만 걱정도 된다. 가을에 핀 꽃눈은 봄에

피지 않을 것이기 때문이다. 얼음이 어는 시기나 서리가 내리는 날도 기록으로 비교해 보면 아주 약간씩 늦어지는 경향을 보이기도 한다. 물론 해마다 편차가 커서 뚜렷하지는 않다.

아마 계절에 가장 민감한 공무원 1순위가 기상청 사람들일 것이다. 기상청이 계절과 직접 관련이 있는 일을 하기 때문일 수도 있다. 관측자는 계절마다 관측을 하고 그것을 기록한다. 초임 발령을 시골 중에서도 깡시골로 받은 나는 길거리에 마치 나뭇가지처럼 굴러다니는 뱀이나 비 오는 날에 창문에 붙어 있던 개구리, 창문 밖에서 울어대던 종달새, 배춧잎 사이에서 알 낳을 구석만 보고 있는 배추흰나비, 화려한 호랑나비나 전나비 같은 생물들을 잔뜩 볼 수 있었다.

특히 모두가 잠자는 겨울이 지나고 봄이 와 나무에 물이 오를 때쯤 보이는 생명체는 경이롭다. 도랑에 살며시 떠다니는 개구리 알, 얼음이 녹은 사이로 신나게 헤엄치는 송사리, 청사 지붕 아래 좁은 곳에 집을 지으려고 바삐 다니는 제비나 창문을 닫지 않으면 새벽 5시부터 수백 마리가 지저귀는 소리로 강제 기상을 시키는 참새 무리, 각각의 연녹색을 지닌 새싹이 움트는 모습도 볼 수 있다.

하지만 예보관들은 계절이 바뀔 때, 일기도를 보며 바뀌는 기후를 실감한다. 평년값에 앞서서 찾아오는 여름이나 겨울, 여름의 기압 배치가 가을에 등장하면 한숨부터 나온다.

계절이 돌고 돈다. 아직까지 한반도는 사계가 뚜렷한 국가에 속한다. 그마저도 극단적인 날씨 변화에 동물이고 식물이고 혼란을 겪고 있다. 기상청 예보관들이라고 안 그러겠는가. 그래서 더욱 변화에 민감해져야 하는 것이 기상청 사람들이다.

기상청 사람은 밖에 나가는 것을 즐겨야 하나 보다. 계절을, 기후를 온몸으로 느끼고 경험하는 것 하나하나가 일의 기반이 된다. 하다못해 창문을 열고 따스함과 차가움, 습함과 건조함을 느끼는 것까지도.

오늘은 조금 차갑고 건조하지만 땅이 녹는 냄새가 나는 날씨. 곧 봄이 올 것 같다.

눈의 계절이 다가오면

대한민국에 사는 사람들도 놀라는 대한민국 날씨. 그 진가는 겨울에 발휘된다. 흰 눈으로 뒤덮인 도시와 차가운 바람 정도로 겨울을 나는 도시는 완벽히 다른 모습을 하고 있다. 조용히 덮쳐오는 흰 눈은 누군가에게는 하얗고 예쁜 쓰레기로 보이고 누군가에게는 선물이다. 눈을 1년에 한 번 볼까 말까 한 곳에서 자란 나는 두껍게 쌓이는 눈을 처음 봤을 때는 예쁜 쓰레기라는 말을 믿지 않았다.

전화가 빗발치고, 학교가 휴교하고, 비상근무가 이어지는 그 모든 일이 힘들다는 걸 그때는 왜 몰랐을까. 1시간에 한 번씩 적설판을 치우고 눈을 녹여 무게를 잰다. 계산식에 따라 적설량을 체크하고 나면 1시간이 금방이다. 눈이 펑펑 내리면 가시거리도 짧아진다. 눈앞이 보이지 않으니 사고도 많이 일어난다. 심지어 2016년의 겨울, 동해안에 내린 눈은 모두를 경악하게 했다. 쉼 없이 내리는 눈은 비처럼 흘러 내려가지도, 바람처럼 부여잡고 있으면 끝나는 것도 아니다. 쉼 없이 사람이 쓸어내지 않으면 끝나지 않는 조용한 재앙. 그런 계절이 돌아오고 있다.

요즘 기상청과 유관기관이 가장 관심을 가지고 연구하는 분야 중 하나가 도로 결빙이다. 당연한 이야기일지도 모르지만 도로가 얼면 눈에는 잘 보이지 않아도 사고 가능성이 확 높아진다. 도로를 관리하는 사람들도 도로를 이용하는 사람들도 불편하고 위험한 하루를 보내게 되는 것이다. 거기다가 이전에는 알지 못했던 것, 바로 농가 피해다. 비닐하우스가 많은 지방은 항상 눈 예보에 촉각을 곤두세운다. 비와 비교했을 때 눈은 지역별 편차가 큰 편이기도 하다. 경험하지 않으면 하늘에서 내리는 흰 재난의 위험성을 깨닫기 힘들다.

2019년 겨울에는 유독 눈이 내리지 않았다. 기온도 다른 해에 비해 워낙 따스해서 장기 예보를 하는 분들은 힘들었을 것이다. 평균치와 차이가 많이 나는 원인과 이후의 기상에 미칠 영향을 분석해야 하기 때문이다. 그에 비해 눈앞 며칠을 예보하는 나로서는 걱정이 되는 한편 상대적으로 편안한 계절을 보냈다. 꼭 그만큼 다음 해 여름에 힘들긴 했지만, 여름은 누구나 힘든 계절이니까.

그리고 2019년의 따스한 겨울은 쉬어가는 겨울이었던 것처럼, 2020년의 겨울은 아주 매웠다. 일주일에 하루는 눈이 날려 쌓이는 광경을 보며 겨울 예보가 쉽지 않음을 다시 한번 느꼈다. 그렇게 또 계절이 지나갔다.

아침마다 추워지는 출근길과 산에 어는 얼음의 소식을 듣는다. 단풍이 드는 이 아름다운 계절을 뒤로하고 겨울을 준비한다. 유독 이번 봄여름이 힘들었는데, 다행히 가을은 더없이 아름답다. 눈이 와도 좋다. 추워도 좋다. 하지만 하늘이, 지구가 인간이 감당할 수 있을 정도의 재난만을 내려준다면 얼마나 좋을까.

원망과 받아들임의 경계에서

보이는
것이
다는
아닌데

금요일 오후부터 일요일 날씨를 걱정했다. 놀 약속을 잡아두었는데 하루 종일 비가 온다고 예보된 것이다. 서둘러 약속을 옮겼다. 얄미운 마음은 들지 않았다. 기왕이면 토요일에 왔으면 했지만, 예보된 비는 어쩔 수 없으니까. 가문 가을이어서 다행이라는 생각도 들었다. 날씨가 좋은 것은 환영할 만한 일이지만, 가을에서 겨울로 넘어가는 이 시기에는 비가 조금씩 내리는 것만으로도 산불 위험성을 예방해 주곤 한다. 한가롭게 토요일을 보냈다. 세상 예쁜 가을 날씨였다.

그렇게 일상의 휴식을 만끽한 후의 일요일 아침이었다.

1. 사계절을 온몸으로 겪어야 예보관   77

새벽부터 난간을 두드리는 빗방울 소리에 얼핏 잠을 깨었다. 날씨는 예쁘고 아직까지는 조금 여름 냄새가 남아 있는 빗방울이 신나게 지면을 향해 돌진했다. 커튼 사이로 보이는 날은 회색빛이었다. '예보를 잘 내고 퇴근했구나' 하는 생각에 괜히 뿌듯해졌다. 평소에는 햇살로 길게 햇별 자국을 만드는 창문에서 희미한 빛만 새어 들어오고 있었다. 늦잠을 자기 딱 좋은 날씨였다. 오전 내내 늑장을 부리다가 브런치로 끼니를 해결했다. 잘 구운 토스트 위에 아보카도와 토마토, 달걀을 얹었다. 혼자 사는 집에서 뉴스나 동영상을 보면서 밥을 먹는 것은 습관이어서 포털 사이트의 메인 페이지를 위아래로 훑었다. 그중 기사 제목 하나가 눈에 들어왔다.

때 아닌 장맛비에 경기 30여 분 지연······

눈을 의심했다. 늦가을이라고 하기도 머쓱한 계절이었다. 겨울이 다가오는 시기에 장맛비라는 용어 사용은 그렇다 치고, 기본적으로 장맛비는 정체전선이라는 거대한 기압계 시스템에서 내리는 강수 현상이기 때문에 예보 모델도 적중률이 높은 편일 터였다. 무엇보다, 때가 아니라니! 마치 기상청이 예보를 잘못 낸 듯한 어조로 느껴졌다.

과학 용어에 익숙하지 않은 기자들이 급히 기사를 쓸 때 용어를 헷갈리는 경우가 꽤 있다. 아마 지금은 지워진 그 기사의 제목에 쓰고 싶었던 단어는 '장대비'가 아니었을까 한다. 그럼에도 불구하고 며칠 전부터 비 예보가 있었으니 표현하고자 했던 것은 '가을비'라고 하기에는 꽤 많이 내리는 비였을 테다. 처음에는 이게 무슨 말도 안 되는 제목인가 했는데, 차분히 생각하니 그럴 수도 있겠다 싶었다. 한숨을 쉬며 보던 뉴스 페이지를 끄고 시끌시끌한 예능 프로그램으로 눈길을 돌렸다.

'날씨'라는 소재는 1년 365일 단골로 기사에 등장하곤 한다. 그리고 대부분의 확률로, 그 날씨 기사의 소재는 그것을 보도하는 기자의 단어 선택에 따라 굉장한 뉘앙스 차이를 보인다. '때 아닌', '갑작스러운'을 비롯한 부정적인 단어가 붙는 경우가 꽤 많다. 주로 예보와 다른 날씨가 이어질 때 나오는 말이기 때문이다. 혹은 예보가 잘되어 있더라도 이번 여름처럼 도저히 비가 끝나지 않는 날이 계속되면 기사 안에서 기상청은 무능한 존재가 되고 말 때가 있다. 직원으로서는 조금 슬픈 일이다.

다만 그런 일이 있을 때마다 글에 반박이라도 하고 싶은 나 자신과 한숨만 쉬는 나 자신이 겹쳐진다. 어떤 직원들은 그런 근거 없는 개인의 주관에 따른 부정적 기사에 단호히 대응해야 한다는 주장도 편다. 기상청이 정말 예측에 오류가 있고 질타를 받아야 할 때는 그런 기사들이 예보관들을 각성하게 만드는 좋은 약이 되지만, 이런 기사는 기상청의 이미지를 더욱 나쁘게 하는데 일조한다는 것이다. 어느 정도는 동의하는 이야기다. 그 단호한 대응만이 답은 아닐 수도 있겠지만.

며칠이 지난 오늘 그 기사는 검색으로는 찾기 힘든 상태다. 수천수만 개의 기사가 쏟아지는 세상인 데다 기사가 게재된 언론사도 기억나지 않으니 당연한 일이다. 앞으로도 계속 이런 일들이 있을 텐데 우리 회사에서 더 높은 자리에 올라간다면 어떻게 생각하고 대응하게 될까? 어떻게 변화하더라도 대한민국 국민을 100% 만족시키기 어려우리라는 것은 당연하다. 한편으로는 받아들이면서, 한편으로는 원망이 차오른다.

삶은, 그 경계를 반복하는 것이 일상이다.

비행기도 숨을 죽인다

수능 날은 늘 날씨가 추웠다. 예년보다는 따뜻해도, 그 전
며칠보다는 확실히 추워진다. 나를 포함해 기상청에 들어
오는 직원 대부분은 수능과 대학을 거쳐 입사하게 된다.
물론 고등학교를 졸업한 사람들도 9급 공무원 시험을 칠
수 있지만, 그들도 수능이라는 거대한 입시 제도를 경험
하고 올 가능성이 높다. 그래서 이맘때가 되면 직원들은
자신들의 수능, 아이들의 수능 이야기를 꽃피운다.

전 세계가 주목하는 우리나라의 수능은 공휴일도 연휴
도 없는 11월 한중간의 대이벤트다. 몇 년 전 포항 지진
으로 미뤄진 때 외에는 예외도 없었다. 1년 내내 달린 수

험생들의 골인 지점이다. 이쯤 되면 수능에 집중하라고 11월에 공휴일을 하나도 만들지 않은 느낌도 든다. 직장인으로서는 참 안타까운 일이다.

수능 듣기 평가가 진행되는 동안은 온 나라 안이 조용하다. 그중 가장 큰 볼거리는 비행기다. 비행기의 경로를 실시간으로 보여주는 플라이트레이더24(www.flightradar24.com) 웹 사이트를 보면 그 시간 동안 인천, 김포, 김해 등 시내와 인접한 공항 대부분에서 비행기들이 높은 고도를 맴도는 광경을 볼 수 있다. 그야말로 세계 어디에서도 볼 수 없는 에어쇼다. 기내에서도 '수험생들의 듣기 평가가 종료되는 즉시 순차적으로 착륙하겠다'는 기장의 코멘트가 나온다.

아마 꽤 많은 공공기관의 사람들이 수능을 대비한 준비를 할 것이다. 교육부는 말할 것도 없고 경찰관과 소방관들도 동원된다. 시험장 주변 관리도 필수다. 기상청도 마찬가지다. 예보관들은 수능 며칠 전부터 교육청에 수능과 관련된 기상정보를 보낸다. 주로 그날의 기온, 바람, 체감 온도 같은 것들이다. 수능에 응시하는 수험생들의 복장을 결정하는 데도 도움이 되고, 시험관들이 난방시설의 기본 온도를 맞추거나 환기를 하는 횟수 등을 결정하는 데에도 영향을 미친다고 한다.

　작년 이맘때도 춥겠다는 전망을 내놓았다. 그 말대로,
패딩 없이는 출근하기 힘든 추운 날씨였다. 마침 그날은
아침 퇴근을 하던 날. 내 퇴근 시간은 늘 아이들의 아침
등교 시간과 조금 어긋나 있는데 그때는 유독 버스 안이
한산했다. 버스가 고등학교 인근을 지나자 평소와 달리
정적이 맴돌고 교문은 굳게 닫혀 있었다. 교문 앞에서 떠
들썩한 응원을 보내던 후배들도 이미 돌아갔을 시간이었
다. 이제는 수능만으로 대학을 가는 시대가 아닌데도 늘
이맘때는 사람들의 가슴을 졸이게 한다.

　2017년에 이어 2020년도 11월 둘째 주 목요일이라는
수능의 공식이 깨졌다. 2020년은 고3 학생들이 학교를
제대로 가지도 못한 채로 수능을 보게 되었다. 모두가 같
은 조건이지만, 유독 수험생들에게 가혹한 해이다. 2020
년 수능은 12월. 더 이상 수능이 11월만의 행사는 아니
게 되었다. 하지만 12월인 만큼 날은 더욱 춥겠지. 모두
가 즐겁지는 않을지 모르지만 적어도 자신이 노력한 만큼
만은 확실하게 거둬가는 한 해가 되기를 언제나 이맘때가
되면 바라게 된다.

2.
우여곡절이
없는 인생은
없으니까

: 기상청, 그리고 그 안의 사람들

그 감염병과 기상예보관

벌써 1년이 넘도록 전 세계를 휩쓰는 코로나19는 사그라질 생각이 없나 보다. 한국에서도 10명 안팎까지 줄어들었던 확진자 수가 연휴를 보내기만 하면 늘어나기를 반복한다. 주변에 근무하는 의료인들의 부담이 커진 것은 물론이거니와, 이제 사람들은 코로나19가 가져다주는 일상에 너무 익숙해져 버렸다. 길을 걷는 사람들이 마스크를 아예 벗고 다니는 것을 보면 흠칫 놀랄 정도로.

기상예보관들은 직접적으로 코로나19의 현장에 뛰어들 일이 없다. 다만 올해 날씨가 코로나19를 이겨내기에 나쁘지 않기를 기원하고 있을 뿐이다. 너무 덥지 않고 춥지 않기를 바라며 업무를 시작했다. 기상청의 영상 회의 때도 이제는 대부분 마스크를 쓰는 모습이 어색하지 않다. 화상으로 하는 회의에 익숙하지 않았을 다른 기관과는 달리, 오랫동안 전국 모든 기관을 연결해 영상 회의를 해온 기상청 사람들은 갑작스럽게 만남이 끊겨도 당황하지 않았다. 기존 회의에 마스크가 추가되었을 뿐이다. 마스크를 쓰면서 근무하니 좋은 점도 생겼다. 졸려서 하품을 해도 그리 티가 나지 않는다는 것. 야간 근무를 한 후 아침에 하는 회의에서는 아무래도 나른한 하품이 터지기 마련인데, 마스크를 쓰니 누가 입을 벌리고 닫는지 알기도 쉽지 않다.

코로나19 사태가 터지면서 교대를 하며 예보를 하는 사람들은 더욱 건강에 신경을 쓰게 되었다. 면역력과 코로나19가 관련 있다는 이야기를 방송에서 지속적으로 내보내기 때문이다. 교대 근무자들 중에 불면증이나 기면증을 한 번도 앓지 않은 사람은 없을 것이다. 나는 주로 약한 기면증 증세를 느끼는데 '아무 데나 머리를 대고 잘 수 있으면 자는 증상'으로 나타나곤 한다. 하루에 18시간을 잠으로 보내도 피곤함이 가시지 않아서 온종일 무기력하다. 기면증이야 시간이 될 때마다 자면 언젠가는 그 패턴이 돌아오는 경우가 많지만 문제는 불면증이다. 밤은 밤대로, 낮은 낮대로 잘 수가 없다. 그래서 더 우울하고 생활이 힘들어진다. 코로나19가 주는 우울함까지 더하면 아무도 괴롭히는 이 없는 일상생활에서 스트레스를 받는 일도 많다.

스트레스를 풀려면 다른 곳에 집중을 하라는 말이 있다. 운동이나 취미, 청소 같은 것들. 특히 우울한 마음이 들 때는 하루 1시간 정도 머릿속을 비우고 운동을 하는 것이 제일이다. 심장이 두근댈 정도로 운동을 하면 몸이 제 리듬을 찾아간다. 종목은 크게 상관없기 때문에 대부분은 자신에게 맞는 운동을 찾아서 하곤 한다. 내 경우 한두 시간 동안 집중해서 운동할 수 있는 환경이 되지 않는 집에서는 해도 한 것 같지가 않아서, 결국 근처의 체육관을 찾아 운동을 해온 것이 어언 3년. 그런데 계획에도 없이 이번 반년을 아예 통째로 쉬어버렸다.

보통 때라면 멀리 놀러 가곤 했을 쉬는 날에도 그저 집과 근처 마트 정도만 오간다. 차를 쓸 수 있는 날이면 시간제 대여를 해서 조금 먼 도시에 가기도 했는데, 그것도 힘들다. 여행은 사치를 넘어 민폐라고 생각될 때도 있다. 우리 동네에 확진자가 나오기라도 했다가는 '집콕'을 하는 시간들이 이어진다. 무엇을 하든 자유로운 시간이었던 내 쉬는 날들이 꽤 변했다. 집과 친해지는 생활로.

일상이 이렇게 변한 것과는 별개로 교대 근무자들이 일하는 방식은 의외로 그렇게 변하지 않았다. 문제는 기상청과 대부분의 지청은 현업자들이 한 공간에서 근무를 한다는 점이다. 단 한 명이라도 감염되면 그 사무실을 폐쇄하고 다른 공간에서 업무를 진행해야 하는데, 예보를 내는 공간을 대체할 장소를 찾기란 만만치 않은 일이다.

재택근무를 하며 예보를 내는 것에도 한계가 있을 테고, 직원 한 명이 걸리면 한 사무실을 사용하는 교대 근무자 대부분이 격리 조치된다. 그렇게 되면 그 기관은 패닉에 빠질 것이다. 실제 예보 현업을 오래해서 바로 업무에 투입할 수 있는 직원의 비율은 기관마다 다르겠지만, 막상 그런 일이 일어나 본 역사가 없으니 계획을 세워놓았다 해도 얼마나 잘 운영이 될지는 실전에 써먹어 보아야 아는 일이다. 몇 번 위기처럼 본부에 간접 접촉자가 있다는 이야기는 들려왔지만 무사히 지나갔다.

코로나19 유행 이후 1년 하고도 절반 가까운 시간이 흐르는 동안 우리 기관에서도 어김없이 확진 환자가 생겼지만, 다행히 집단 감염으로 이어지지는 않았다. 이래저래 들리는 소식에는 기상청 외에도 공무원 확진자가 그리 많지 않은 것 같아 보이기는 하다. 전 국민 중에 공무원의 비율이 낮아 그렇기도 하겠지만, 여느 회사원 못지않게 모여서 근무하는 일이 많은 공무원들이기에 걱정도 많이 했다. 특히 교대 근무를 하는 환경이라면 건강상의 이유로라도 더욱 취약해질지도 모르는 일이다. 그래서인지 직원 중에는 과하다시피 조심하고 다니는 이들이 많다. 사무실에서도 마스크를 꼭 쓰고 손 소독제를 휴대하고 다니는 것은 기본이다. 공용으로 쓰는 컴퓨터들, 특히 키보드와 마우스는 늘 손으로 만지기 때문에 소독제를 뿌려서 소독하곤 한다. 보통 때는 물티슈 정도로 닦던 집기들도 조금 더 꼼꼼하게 관리하기 시작했다. 뭐든 안 하는 것보다는 낫다는 자세로.

교대 근무자들에게 불편한 일이 하나 더 있다. 함께 일하는 직원을 제외하고는 다른 직원들을 볼 일이 줄어들어 버린 것이다. 기관마다 다르기는 하겠지만 타이밍이 좋지 않으면 평소에도 보기 힘든 다른 부서원들을 아예 몇 달

동안 보지 못하는 경우도 생긴다. 친하던 직원에게 인사를 하러 가기도 뭐해서, 사내 메신저로 인사를 나누거나 화장실을 오가며 한두 마디 하는 것이 고작일 때도 있다. 그나마도 직원들이 재택근무를 하기 때문에 더 보기 힘들어지기도 했다.

쉬는 날 시간을 내어 굳이 가야 했던 회식과 출장이 사라지니 오히려 개인 시간은 늘어났다. 언제까지 이런 날이 이어질지는 모르겠지만 회사와 일에 대한 사람들의 인식도 많이 바뀌었다. 집에서 일을 할 수 없는 것이 아니며, 같이 음식을 먹지 않아도 정이 쌓일 수 있다고. 보수적인 공무원들의 생각이 이만큼 바뀌었으니 세상은 더욱 바뀌었을 것이다.

마스크를 쓰고 출근을 하면 익숙하게 키보드와 마우스, 의자를 소독한다. 자주 사용하는 손잡이들에도 소독약을 뿌려준다. 일의 형식은 달라지지 않았다. 모여서 하는 업무 또한 달라진 것은 없다. 다만 그 사이에 마스크와 발열 체크가 끼어 있다. 재택근무를 할 수 없는 업무이니 당연히 회사는 여느 때와 같이 나오고 있는데, 주변은 모두가 변해간다. 그런 와중에 1호가 될 수 없다는 위기감으로 조심을 하는 생활의 연속이다. 예전처럼 교대 근무 중 한 번쯤 있던 회식도 거의 사라졌고, 전국의 직원들이 모이는 교육이나 워크숍도 대부분 영상 진행으로 전환되었다.

아마 다른 기관의 교대 근무자들도 그렇지 않을까? '교대'라는 개념 자체가 그 자리를 지켜야 하기 때문에 밤낮을 가리지 않고 나오는 것이니까. 쉽게는 경찰, 소방관부터 의료진과 경비원, 택배 기사, 지금은 마음대로 갈 수 없는 공항에서 일하는 사람들도. 정해진 자리에서, 나와 다른 사람들을 지키는 삶을 살아내고 있다.

세상의 모든 교대 근무자, 자신의 자리를 지키고 있는 사람들이 건강했으면.

코로나19가 더 이상 확산되지 않고 사그라졌으면.

출근하기 전과 퇴근하고 난 후 늘 드는 생각이다.

수직적이거나, 수평적이거나

예보관들이 예보를 낼 때 벗어던지지 못하는 굴레가 있
다. 바로 '예보관'은 공무원이라는 것. 아마 우리나라에서
군대 다음으로 가장 수직적인 조직일 이 직업의 틀 안에
서 인간으로서는 결코 100%에 도달할 수 없을 '예보'라
는 업무를 해야 한다. 그래서 예보관들은 때로는 자신보
다 경험이 많거나 직급이 높은 예보관들의 의견에 굽히게
되는 일이 많다. 전국에 있는 예보관들이 모두 같은 직급
을 가지지는 않는다. 실무자라고 할 수 있는 사람들은 낮
게는 9급에서부터 높게는 5급까지 경력도 성별도 다양하
다. 그들의 경험도 천차만별이기 때문에 본인이 확신하지

못하는 예보라면 본부의 예보관들을 따라가는 편이 마음이 편하기도 하다. 막내가 편하다고 하는 이유가 여기에 있다. 다만, 조심스럽게 자신이 분석한 내용을 제안할 수는 있을 것이다.

공무원으로서는 꽤 신기한 경험일지도 모른다. 하루에 함께 교대를 도는 전국의 예보관들은 대략 50명에서 60명 정도다. 거기다가 사무실에서 분석이나 지원을 돕는 사람들까지 합하면 100명 남짓. 같은 일을 하는 사람들이 동시에 예보를 발표하고, 어쩌면 누군가는 전혀 신경도 쓰지 않을 내일이나 모레의 날씨를 맞히려고 12시간가량을 일한다. 가끔은 수평적인 업무라고 느끼다가도, 어떤 날은 '이러니까 공무원이지!' 할 정도로 수직적이다.

내가 느꼈던 가장 수평적인 경험도 바로 예보에서 온다. 지금처럼 각 지방기상청과 지청에서 광역예보를 내기 이전에는 거점 지역의 기상대에서 더 많은 예보사들이 예보를 냈다. 기상대의 동네 예보관과 지방청의 예보관, 본청의 총괄 예보관들로 크게 나누어진 형태였다. 내가 9급 직원으로 막 들어와 교대 근무를 돌던 시절, 영상 회의를 통해 한 기상대의 동네 예보관이 자신이 분석한 내용을 발표하며 총괄 예보관들까지 설득했던 일은 깊은 인상을 주었다. 그 직원도 연차가 오래되지 않았던 것으로 기억한다.

항상 그런 일이 있을 수는 없다. 예보를 내는 일에 경험은 절대 빠져서는 안 될 부분이고, 매일매일 전국을 분석하는 총괄 예보관의 분석력은 신규 직원으로서는 감히 도달할 수 없는 경지에 이르러 있다. 어떤 분은 여러 가지 자료를 머릿속에서 조합하고 분석해서 옆에서 보자면 예지에 가까워 보이는 가능성을 제시하기도 한다. 거기다가 현실적인 부분으로 말하자면 신규 직원도 의견을 제시할 수 있을 만큼 애매모호한 상황일 테니, 총괄 예보관이 내준 예보를 따라가는 것은 나의 위험 부담을 줄일 수 있는 좋은 방법 중 하나다. 틀려도 본청에서 제시한 대로 따라갔다고 말하는 것으로 약간의 책임 회피를 할 수 있으니까. 그 따라간 것이 내 의지인지 본청의 압박인지는 둘째 치고, 나 대신 책임을 져주는 상급자가 있다는 것으로 마음의 부담이 덜하다.

대체로는 꽤 수평적이었다가 결정적인 곳에서는 수직적이기도 한 이곳에서는 직급에 연연하지 않고 친해지는 일도 많다. 같은 직급이라도 부서장이나 팀장에게는 왠지 모를 어려움을 느끼는 반면, 함께 일하는 더 높은 직급의 예보관에게 친밀감을 느끼는 경우도 있다. 교대 근무의 특성상 일하는 시간의 대부분을 이야기를 나누며 업무를 해야 하고, 분석은 여러 사람이 모일수록 점점 그 범위가 넓어지기 때문이다. 고개도 못 들 관급의 예보관님들도 신입 직원의 의견을 들어야 할 때가 있다. 그들도 인간이라는 것을 자주 느낀다. 그러다 보니 팀워크가 좋은 예보팀은 예보 정확도 비교적 높다. 상하 직원 간의 대화가 끊이지 않아서 서로가 보지 못하는 부분을 보완해 준다. 그런 사람들을 만나기도, 그렇게 일하기도 쉽지 않은 것이 현실이지만.

사회가 조금씩 변할 때마다 예보관이 예보를 하는 방법도 조금씩 변한다. 위에서 아래로 내려오는(Top-down) 방식일 때도 있고 아래쪽에서 아이디어가 올라가는(Bottom-up) 방식일 때도 있다. 다양한 방식으로 일을 하지만 목표는 모두 예보 정확도를 높이는 것이다. 이곳이 '수평적'이거나 '수직적'이거나 그리 중요하지 않은 이유가 그 때문이다. 경험도 분석력도 윗사람에게 하는 제안도, 모든 것은 비 예보 한 번을 더 맞히고 기온 예보 한 번을 더 맞히기 위함이니까.

하지만 일하는 사람으로서는 수평적일 때가 수직적일 때보다 많은 경우에서 더 행복하다.

아마 내가 아직까지는 아래에 있는 위치라서일지도 모른다.

단잠 속의 전화 벨 소리

바야흐로 워라밸(work-life-balance), 저녁 있는 삶을 모든 사람이 원하는 시대다.

이렇게 적는다면 많은 직장인들이 "저녁 있는 삶은 공무원이나 가지는 거지!"라고 이야기할지도 모른다. 초과근무시간을 줄이기 위한 여러 방안 중 하나로, 최근에는 정책을 통해서 공무원 또한 일주일의 총 근무시간이 최대 52시간으로 제한되어 있다. 기관과 부서마다 초과근무시간 총량제를 통해서 직원들이 일을 적게 하도록 권장하고 있기도 하다.

가장 좋은 것은 적절한 업무 배분을 통해서 모두가 행

복한 저녁을 맞고 초과근무 없이 일하는 것일 테지만, 모든 회사와 조직이 그렇듯 100% 공평한 배분이란 이루어지지 않는 법이다. 다만 이 모든 것이 교대 근무자와 관련이 적다는 사실이 조금 신기할 따름이다.

교대 근무자에게는 몇 가지 제약이 있다. 연차를 마음대로 쓸 수 없고, 재택근무를 할 수 없으며, 유연 근무와 같은 새로운 근무 형태를 도입해 볼 수 없다는 점 등이다. 그리고 또 하나. 기상청의 교대 근무자는 쉬는 날에도 결코 회사로부터 자유롭지 못하다.

다른 기관도 그렇겠지만, 교대 근무자들의 쉬는 시간은 일정하지 않다. 하지만 일반 사무를 보는 직원들의 경우에는 주로 평일 낮에 근무를 한다. 지금은 재택근무로 여러 가지 연락 방법이 생겼고, 휴대전화로 재택근무자에게 연락하는 것이 전에 비하면 익숙해졌다. 입사 초기, 평일 낮에 행정 업무와 관련된 일로 온 회사 전화에 '무슨 일일까?' 가슴 졸였던 경험은 아직도 내 기억 속에 깊이 남아 있는 일 중 하나다.

입사 이전에 내가 한 사회생활은 쉬는 날에는 연락을 도통 하지 않는 북미 대륙의 회사가 전부였다. 그 이전에 한국에서 겪었던 사회생활 역시 쉬는 날 연락할 일이라고는 월급날과 해고되는 날 빼고 없는 아르바이트 정도가 다였다. 그때는 입사한 지 1년도 되지 않아 선배들이 농담 삼아 이야기하고는 했던 '갑자기 걸려 오는 인사 발령 전화'일까 눈물부터 났다. 그런 전화는 극히 드물게 일어나는 일이긴 하지만 회사에서 오는 전화는 늘 받기가 망설여진다. 9년이 지난 지금까지도 평일 낮에 회사의 연락을 받게 되면 가슴이 덜컥 내려앉는다. '내가 사고를 쳤나? 뭔가 해야 하나? 누군가의 대체 근무를 들어가야 하나?' 하는 걱정들이 먼저 떠오르기 때문이다.

쉬는 날에도 걱정을 해야 한다는 사실이 가끔은 가슴이 무겁다. 공무원이기 때문에 모든 것을 감내하기에는 가끔 배려 없는 일을 겪기도 한다. '내'가 지금 일하고 있으니 상대방에게 전화를 걸어도 당연히 용인된다는 생각을 하는 사람도 있다. 그들은 그런 이야기를 한다. 평일 낮 시간은 '보통' 사람들이 깨어 있는 시간이기 때문에 어쩔 수 없지 않느냐고. 보통과는 다른 일상을 보내는 사람으로서 그런 이야기를 들을 때면 참 야속하다. 그래서 기회가 될 때마다 적극적으로 교대 근무를 해보지 않은 사람들에게 예보관들의 수면 장애에 대해 알리려고 노력한다. 10

명 중 2명 정도만 생각을 달리해도 부담은 조금씩 줄어들 것이라는 희망으로 이야기한다. 당신이 전화를 해야 하는 그 사람이 교대 근무자라면, 전화를 들어 번호를 누르기 전에 한 번만 배려해 달라고. 그가 나쁜 날씨에 고단한 몸을 하고 오지 않는 잠을 힘겹게 청하고 있을지도 모르니까 말이다.

우리 모두가 주말에 회사에서 오는, 또는 상사로부터 오는 연락을 받고 싶지 않은 것처럼.

혹은 퇴근 후에 오는 전화를 받고 싶지 않은 것처럼.

기상청도 공무원인가요?

공사도,
공기업도,
비영리법인도
아닌데요

아니 뭐 당연한 소리를 하십니까, 하고 으쓱대기에는 한 번 더 생각하게 되는 질문이었다. '기상청'은 공공기관이고 '기상청 직원'이 공무원이지만, 세세하게 따져서 질문하는 민원인은 많지 않으니 넘어가자. 지극히 주관적인 기준으로 약 9년간의 민원, 그러니까 국민신문고나 민원24를 통한 민원이 아닌 일반 전화를 통한 단순 민원은 전화가 90%라고 할 정도로 꽤 큰 비중을 차지하고 있다. 매일매일 전화를 받다 보니 이제는 거의 '매크로 답변'을 내놓을 수 있을 정도다.

"네, 선생님. 저희는 환경부 소속 기상청으로 저는 정부 공공기관의 국가직 공무원입니다."

수백 번 반복하다 보니 어조와 목소리 크기까지 비슷한 문장이 내 입에서 나가면 보통은 "아아" 하고 대수롭지 않게 넘어간다. 하지만 어떤 민원인들은 이렇게 되묻기도 한다.

"공공기관이 아니라 공기업이지요?"

공공기관은 정부 부처 및 그 아래에 있는 곳들이고 공기업은 '공(公)' 자가 붙기는 하지만 엄연한 기업인데 '기상청이 그렇게 기업이나 회사 같아 보이나?' 하는 생각도 가끔은 든다. 일반 국민들에게는 기상청에서 하는 일 중 직접 와닿는 일이 예보 정도라서 그럴지도 모르겠다. 보통 공무원이라고 하면 주민센터나 시청에서 일하는 행정직 공무원, 경찰 공무원, 소방 공무원을 가장 쉽게 떠올리니까.

기상청 직원이 공무원이 아니라고 생각하는 민원인 중

에는 기상 캐스터와의 연관성을 떠올리며 이야기하기도 한다. 기상 캐스터는 보통 방송국에 소속되어 있고 그중 많은 수가 비정규직이라는 이야기를 들은 적이 있다. 어렸을 때는 비 오는 날에 우비를 입고 눈 오는 날에는 장갑을 끼고서 친절하게 내일의 날씨를 알려주는 언니들을 보며, 기상청에 들어가면 저런 언니들만 있을 거라는 상상을 하기도 했다. 내 주변에는 기상청 공무원이 없었고, 기상 캐스터와 기상청 공무원의 차이에 대해 생각하는 사람도 딱히 없었기 때문이다.

그런 데다 어른들의 추억 속에는 김동완 통보관님이 깊게 남아 있어서일지도 모른다. 기상 캐스터의 세계와 기상청의 세계는 '기상'이라는 이름으로 엮이지 않았다면 물과 기름처럼 다른 곳이다. 여성의 비율이 압도적으로 높은 기상 캐스터들의 세계에 비해서, 기상청은 공무원 사회이기에 몇 년 전까지만 해도 남성 직원의 비율이 높고 보수적이었다.

예보관으로 일하는 사람들은 생활과 밀접한, 특히 날씨에 관련된 민원 전화를 많이 받아 그것을 설명해 주는 경험을 종종 한다. 이 설명은 큰 도시일수록 전문화되고 자세해야 할 경우가 많다. 주로 신문이나 방송의 기자, 곧 방송을 할 캐스터, 정부 기관 관계자, 큰 행사를 앞둔 업체처럼 굵직굵직한 곳에서 전화가 올 때도 있기 때문이다. 작은 도시로 갈수록 주로 개인적인 사유로 내일이나 주말의 날씨를 문의하는 경우가 많다. 전자의 경우에는 기상청 직원이 공무원이라는 것을 모르기 힘들다. 후자의 사람들에게서는 "기상청도 공무원이라고요?" 같은 반문을 받는다. 일선에서 직접 민원을 받을 때에는 조금 야속하기도 한데, 어떻게 보면 보이지 않는 곳에서 일하는 것이 당연하다는 생각도 든다.

전화로만 저런 질문을 받는 것은 아니다. 사적인 모임에 나갔을 때도 비슷한 질문을 받아 충격을 받은 적이 있다. 2016년쯤 나갔던 독서 모임에서였는데, 진심으로 뜻밖이라는 말투여서 오히려 내가 당황했었다.

"기상청이 공사나 공기업이 아니라 공공기관이라고요?"
"어라, 모르셨어요?"
"당연히 공사 쪽이라고 생각했죠. 수자원공사 같은 곳이오."

그 독서 모임은 연령층이 꽤 낮은 곳이었고 내가 속해

있던 테이블도 20대와 30대가 대다수였다. '구라청', '슈퍼컴퓨터', '왜 예보를 틀리나' 정도의 질문에 대한 대답만 준비해 갔었는데, 허탈했다. 아마 내가 교대 근무를 하고 있던 시기라, 경찰이나 소방관도 아닌데 평일에 공무원이 쉰다는 인식을 못 했던 것이 아닐까 애써 추측할 뿐이다.

친척들도 그리 다르지는 않다. 그래서 요즘은 내 직업을 소개하는 전법을 바꾸었다. "어느 기관에 다니냐?"라고 묻지 않는 이상 기상청에 다닌다고는 대답하지 않는다.

"아가, 니 무슨 일 하노?"

"그냥 국가직 공무원하고 있어요."

"하이고! 요즘 공무원 되기 그리 어렵다 카든데. 잘했네이!"

보통은 '국가'에 소속된 '공무원'인 것으로 다들 만족스러워하신다. 어른들의 생각 속에서 공무원이란 고민할 필요 없는 평생 직장, 안정된 직업이니까.

그래도 가끔 막 외치고 싶다.

기상청 공공기관 맞습니다! (욕 많이 먹지만요!)

기상 회사도, 군대도, 공기업도, 공사도, 비영리 법인도, 하다못해 재단도 아닌 공공기관요!

보부상 같은 사람들

기상청의 '일터' 하면 꼭 들려오는 에피소드가 하나 있다.

바로 기상청의 관할 구역과 관련해 유홍준 전 문화재청 장님께서 이야기했던 에피소드다. 2005년에 한 시상식에서 발언하셨던 일이라고 하는데, 당시에도 그랬지만 지금도 들으면 피식 웃음이 난다. 직원들에게는 남 일 같지 않은 이야기지만.

에피소드의 내용은 이렇다. 어느 날 청장 회의에서 관할 구역에 대한 주제가 나왔다고 한다. 다들 자신의 관할 구역이 넓다며 힘든 점을 이야기하던 와중, 산림청장이 먼저 운을 떼었다. 산림청이 관리해야 하는 구역이 국토 면적의 3분의 2나 된다고. 그랬더니 옆에 있던 경찰청장은 그 국토에 사는 모든 국민이 관할 대상이니 국토 크기가 관할 구역이라고 했다. 그러고 나니 영해를 관리하는 당시 해양경찰청장이 우리는 바다를 관리하니 관할 구역의 크기가 전 국토의 4배쯤 됩니다, 하고 내세운다. 이에 유홍준 문화재청장이 매장된 문화재가 바다와 육지를 가리지 않으니 그러면 관할 구역은 국토의 5배가 되겠고, 바다는 3년에 하나 건져 올리므로 그 업무를 다할 날이 요원하다고 방점을 찍는다. 거기에 해외에 있는 문화재까지 따지면 정말 어려운 일일 것이다.

그런데 이때 조용히 듣고 있던 기상청장이 던진 말이 이날 '관할 구역 크기 대결'에서 우승을 차지하게 되었다. 바로 관할 구역을 평으로 가늠할 수 없다는 것.

따지고 보면 맞는 말이다. 대기의 흐름을 생각하면 쉽다. 지구는 둥그니까 자꾸 걸어 나가면 온 세상 어린이들을 다 만난다는 동요처럼 공기의 흐름도 모두 연결되어 있다. 이어져 있으니 분석하는 수치 모델 또한 한국 인근 지역만이 아니라 전 지구적 흐름을 함께 고려해야 하고, 대기의 높이와 우주 기상까지 관할한다. 우주에서 태양과 지구와의 거리나 달과 지구와의 거리에 따라 날씨가 달라질 때도 있다. 지상의 날씨만을 관할하는 것도 아니다. 해양 예보관이 있어 바다의 풍랑이나 해일, 쓰나미를 예보하는 것은 물론이거니와 엘니뇨, 라니냐 같은 거대한 순환에 대해서도 전망해야 한다. 지하로는 지진과 화산을 조기 탐지하고 관측해서 알려줘야 하니 그야말로 온 세상이 기상청의 관할 구역인 셈이다.

내가 이 이야기를 안 것은 비교적 최근이지만, 그렇게 생각하니 기상청의 업무 범위가 다양하고 넓을 수밖에 없다는 생각이 든다. 그리고 무엇보다 기상청은 전국 각지에 중소 규모의 소속 기관을 두는 몇 안 되는 기관 중 하나다.

'국가직'이라는 특성상 기상청은 서울에 본청을 두고 각지에 지방청과 지청이 흩어져 있는 구조다. 그중에서도 중소 규모의 도시에서 기상관측을 담당하는 기상대나 기상관측소 등도 엄연히 기상청 소속 기관들이다. 즉 모든 직원이 모든 기관에 인사 발령이 날 수 있는 가능성을 염두에 두고 일한다. 극단적으로는 올해 제주도에서 일을 했다가(제주도에는 기상청의 소속 기관이 많은 편이다) 내년에는 강릉이나 백령도로 발령 받을 수도 있다. 물론 이것은 굉장히 극단적인 경우로 인사 발령을 이렇게 내는 경우는 10년에 한 번도 있을까 말까 한 정도다.

여행을 자주 가본 사람이라면 알지도 모른다. 찾아가기 힘들지만 풍경이 좋은 곳에 기상관서가 위치해 있는 경우가 많다. 오래된 도시일수록 그렇다. 대한민국의 끝인 제주도로 가보면 고산기상대가 그런 위치에 있다. 수월봉에 위치한 그 기상대는 레이더가 함께 설치되어 있고 주변 풍광도 굉장히 좋아 노을 맛집으로 불린다. 부산에는 대청동에 위치한 관측소가 유명하다. 관광지에 역사적인 건물이라 종종 견학을 오기도 하는 그곳은 가뜩이나 경사가 심한 부산의 골목 중에서도 가장 급한 경사를 가지고 있는 동네에 자리를 잡았다. 서울 송월동의 관측소도 역사적인 건축물로 옛 건물을 보존하고 있고, 최근에는 국립기상박물관으로 재탄생했다. 전국에서 가장 오래된 기상관서 건물인 인천기상대도 마찬가지다. 조금 작은 도시 중에서는 여수관측소가 단연 전망의 명소고, 옛 진도기상대나 울진기상대도 유명하다.

직원들이 얼마나 방방곡곡 돌아다니는지, 기상청에서 발간한 무료 책자 중에는 전국 기상대 인근 명소를 소개하는 《기상 명소를 찾아가는 기상천외 체험 여행지》가 있다. 기상 명소를 찾아가는 이 책자는 2012년에 발간되었는데, 아는 사람만 아는 책이기는 하지만 국내 여행에 관심이 있는 사람들에게 책자를 얻고 싶다고 하며 전화가 온 일도 종종 있었다. 이 책을 만들었을 때에는 직원들의 제보가 적극 반영되었기 때문에 직원들에게서도 반응이 좋았다. 기상청 홈페이지에서 전자책과 PDF형태로 받을 수 있어서 여행을 좋아하는 사람이라면 한 번쯤 봐도 좋을 것 같다.*

책까지 펴내도 될 정도로 많은 관서가 있는 기상청이지만, 지금은 광역화를 통해 그 수가 많이 줄어들었다. 하지만 그럼에도 제주도를 제외한 다리로 연결되지 않은 3대 섬(울릉도, 흑산도, 백령도)에는 아직까지 관측소가 운영되고 있다. 우리나라 기상의 최전방이다. 흑산도와 백령도에서 관측하는 값이 남쪽 또는 북쪽에서 다가오는 날씨의 시작이 되고, 울릉도의 경우는 기후 관측소로서의 여러 역할을 톡톡히 해내고 있다.

그 관서 중에서 아마 직원들이 가장 기피하는 곳 중 하나가 바로 백령도일 것이다. 백령도관측소는 그야말로 백령도에 위치해 있다. 인천에서 가장 빨리 가도 약 5시간. 안개가 끼는 계절에는 섬에서 나올 수가 없는 곳. 여직원들이 특히 기피하는 곳이기도 하다. 북한과 가깝다 보니 정기적인 군사훈련을 받아야 하고 군부대가 위치해 있어서 남성의 비율이 높은, 섬 전체가 군사기지나 다름없는 곳이다. 북한 선박을 보는 일도 왕왕 있다고 한다. 여직원들 중에는 이제 막 공무원이 되어서 자기가 살던 도시를 그렇게 멀리 떠나보지 않은 사람들이 많다. 남직원들이라고 선호하는 곳도 아니어서 백령도뿐만 아니라 대부분의 섬 인근 관서의 경우, 그 섬이 고향인 직원이 입사하면 본인이 원할 경우 인사 발령을 낼 때 최대한 배려를 해주기도 한다.

기상청 관서에 관한 이야기는 직원 각자의 인생 이야기와 맞물려 있다. 누군가는 서울에서 오래 일했을지 모르지만 누군가는 전국을 돌아다니며 일했던 기억을 가지고 있다. 나만 해도 10년이 채 지나기 전에 기관을 네 번 정도 옮겼는데, 나 정도의 목록은 많은 축에 속하지도 않는 것이 조금 씁쓸한 일이다.

예보도 점차 광역화되어 이제는 각 지방청과 지청 등에서 한꺼번에 내고 있다. 연고지가 멀더라도 집에 가기가 훨씬 편해진 것을 느끼는 직원이 많아졌다. 나도 그 수혜

자 중 한 사람이다. 교대 근무를 끝내고 평일 오전 시간에 본가를 가는 날이면 입사하고 나서 환경이 많이 변한 것을 느낀다.

한편으로는 아쉬운 점도 있다. 광역도시에 있는 청이 많으니 편해지기는 했지만, 가끔은 전국 어디를 가도 어려운 일이 생기면 문의를 할 수 있는 곳이 사라진 셈이다. 작은 기관이라 정말 가족처럼 친한 인연이 되었던 기억도 기억으로만 남았다. 함께 입사한 직원들이 전국으로 퍼져 전국 어딜 가도 1시간 내로 내가 있는 곳에 올 수 있는 친한 직원이 꼭 한 명씩은 있던 기억은 이제 추억일 뿐이다.

---

* 《기상 명소를 찾아가는 기상천외 체험 여행지》를 볼 수 있는 곳: 기상청 홈페이지→기상청소개→홍보실→기상명물지도(https://www.kma. go.kr/aboutkma/publicity/travel.jsp)

그 애의 엄마와 동료 사이

어머니는 지금도 직장을 다니고 계신다. 나는 집의 첫 아이였고, 어머니는 나를 위한 육아휴직을 거의 쓰지 못했다. 30여 년 전은 육아휴직을 쓸 만큼 휴직에 대해 너그럽지 않은 사회이기도 했고, 육아휴직을 쓴다면 당장 집 안에서 경제활동을 하는 사람이 반으로 줄어드는 터였다. 나는 늘 유아 놀이방에 맡겨지며 출퇴근을 어머니와 함께 했다.

희미한 기억들만이 남아 있어서 내가 울었는지 떼를 썼는지도 잘 기억이 나지 않는다. 하지만 어머니의 마음속에는 그때의 내가 강하게 남아 있다. 미안했다고 가끔 이야기하시는 모습을 볼 때마다 아기였던 나는 왜 그렇게 아기였을까, 생각한다. 어느새 나도 어머니가 되는 것이 이상하지 않은(오히려 늦은) 나이가 되었다. 어머니가 서른일 때 나는 한창 어린이집을 다녔다. 일을 하면서 아이를 낳고 기르는 것이 그때는 더 힘들었을 텐데, 늘 죄송한 마음이 든다.

지금 공무원들은 한 아이마다 최대 3년의 육아휴직을 쓸 수 있다. 그것이 모두 근무 경력으로 인정도 된다. 남자 직원들도 쓸 수 있는 휴직 제도이기 때문에, 기상청에서도 최근 육아휴직에 들어가는 남자 직원들이 늘어났다. 처음이 어렵지 한두 명 쓰다 보니 일상이 되었다.

여기저기 주워들은 지식으로 감히 판단하자면 기상청은 육아휴직을 쓰는 것에 관대한 기관이다. 반대로 말하면 아이를 기르며 일을 하는 사람들에게 곱지 않은 시선을 보내는 사람들도 있었다는 뜻이다. 특히 예보관들은 격무에 시달리는 경우가 많아서 육아와 일을 병행하는 사람에게는 미묘한 시선을 보내곤 했다. '집에서 아이 기르는 것을 신경 쓰면서 예보관의 업무를 잘해낼 수 있겠느냐'는 것이었다.

대체로 아이를 키우는 사람들은 아이에게 무슨 일이 생기면 급하게 연가를 쓰는 경우가 많다. 아이가 아픈 것을 계획적으로 조절할 수 있는 사람이 어디 있을까. 어린 자녀를 둔 부모가 누릴 수 있는 모성보호시간도 대체 근무자가 없으면 누리기 힘들었다. 예보라는 특수한 업무 또한 아이를 키우기에는 좋지 않다고 생각되기도 했다. 좋은 직원도, 좋은 엄마도 되기 힘들다는 무의식적인 편견이었다.

그런 편견들에 비해서 요즈음은 어린아이를 기르고 있는 여성 직원들이 예보관으로 근무하는 일이 굉장히 자연스러워졌다. 기상청의 젊은 직원들 중 여성의 수가 늘어난 이유도 있고, 이제는 더 이상 예보관으로서의 교대 근무를 필사의 사명감을 가지고 하는 이들이 많지 않기 때문이기도 하다. 기상예보관도 직업일 뿐이고, 일과 가정의 양립이라는 대전제 아래에서 일하는 사람들인 것이다.

거기다가 교대 근무는 조금 긴 낮 근무와 낮에 아이를 돌본 후 근무를 하는 밤 근무, 특별한 행사가 없다면 휴무일이 보장되는 시스템이다. 장점이 확실하기에 오히려 젖먹이 아이가 아니고 밤에 돌볼 사람이 있는 집이라면 선호할 수도 있는 일터인 것이다. 내가 입사했을 때부터도 이미 꽤 많은 여성 직원들이 있었으니, 그 직원들이 나이를 먹어감에 따라 결혼을 하고 엄마가 되는 비율도 늘어났다. 지금 일하는 곳에도 미취학 아동이나 저학년 아동을 데리고 있는 선배 직원들이 많다.

긴 육아휴직에서 돌아온 직원들은 조금 지쳐 있거나 아주 생기 있거나 하는 상태다. 후자는 주로 엄마들인 경우가 많다. 24시간 끝나지 않는 육아는 아이가 섬세하다면 더욱 엄마를 고생시킨다. 아직까지도 남편이 적극적으로 육아에 참여하지 않는 집도 허다하다. 일을 시작하는 것은 오히려 아이와 조금 거리를 두는 부모의 휴식 시간인 것 같기도 했다. 아이가 어리다 보니 교대 근무보다는 언제든 연차를 쓸 수 있는 상근 근무를 선호하는데, 부서에 육아하는 직원이 많으면 교대 근무에 들어갈 수밖에 없는 일도 자주 있다.

아이 엄마로서 낮에 집에 있는 편이 좋은 것일까, 아니면 밤에 있는 쪽이 좋은 것일까. 가끔 아이와 밤늦은 시간에 통화하는 어머니들을 보고 있으면 그런 생각이 든다. 분명 아이의 아버지나 돌봐주시는 분이 집에 계실 텐데도 어머니들은 늘 걱정이다. 일이 손에 잡히지 않는다고 심란해하시는 분들도 있다. 주로 아이가 아플 때다. 옆에서 지켜보는 직원들도 마음이 무겁다. 교대 근무자들은 대체 근무자가 없으면 마음대로 연차를 쓸 수가 없다. 한두 시간 급히 끊고 나가는 일이야 가능하지만, 각자 맡은 역할이 나누어져 있어서 비상시가 아니면 대체하기 힘들기 때문이다.

반대로 평일에 아이와 놀러 나간 직원들의 소식을 듣고 있자면 교대 근무를 하는 것이 더 좋아 보일 때도 있다. 학교 행사에 참석할 수 있고, 아침과 저녁을 챙겨줄 수 있는 삶이다. 보통 16일 주기의 근무라고 가정했을 때 낮 근무가 네 번이고 밤 근무가 네 번이니, 낮 근무 네 번 동안만 아침 일찍 나가고 저녁 늦게 들어오는 것을 빼면 대부분의 낮 시간을 아이와 보낼 수 있는 것이다. 빠듯하게 아이를 학교나 유치원에 데려다주고 출근하는 엄마들은 보통 출근할 때부터 이미 피로도가 충전되어 있는데, 교대 근무는 그럴 일이 적기는 하다는 생각도 든다.

문제는 통근할 수 없는 거리로 발령이 날 때다. 기상청은 국가직이고 발령은 도시를 뛰어넘는다. 서울에서 부산으로, 부산에서 강릉으로 가는 일도 허다하다. 아이가 어리다면 발령을 조금 미뤄줄 때도 있지만, 해당자가 많거나 운이 나쁜 경우는 드물지 않다. 초등학생이나 중학생인 아이들이 먼 곳으로 전학을 가는 일도 심심찮게 보인다. 원격지에서 아이를 보기 위해 엄마들은 잠깐의 짬이라도 나면 집으로 향한다. 기상청은 시간과 돈을 길에 뿌리고 다닌다는 농담이 괜히 나오는 것이 아니다. 아이와 영상통화를 하는 부모님들을 볼 때면 더욱 안쓰럽기도 하다. 남의 일이 아닐 수 있기 때문이다. 머지않아 내가 결혼을 하게 된다면 일어날 가능성이 크다.

동료의 시선으로 본 엄마들은 안쓰럽기도 하지만 가끔은 답답하다. '아이'를 무기 삼아 자신의 업무를 미루거나 피하려는 사람을 대할 때면 냉정한 생각이 들기도 한다. 다 그런 것은 아니지만 어느 직원이 내게 기가 차는 말을 한 적도 있다.

"내가 아이를 둘이나 키우는데 이렇게 힘든 일까지 해야겠어? B씨가 좀 해줘!"

여자로서 차마 거기다 대고 욕을 할 수는 없었다. 심지어 그것은 부탁도 아니었다. 그가 가진 권리를 이기적으로 강요하는 사람에게 대꾸할 수 없어 한숨만 내쉬었다.

아이는 한 마을이 함께 키운다는 말을 좋아한다. 그래서 부모, 특히 엄마인 동료들의 부담을 덜어주려고 노력한다. 아이를 키우는 일은 대가를 제대로 받을 수도 없는 고된 노동이고, 그래서 아이를 키우는 엄마들의 심리는 불안할 때도, 슬플 때도, 비합리적일 때도 많다. 그 모든 것을 이해하고 받아들이려고 노력하지만 그런 말들은 너무 아프다. 아이를 키우는 자신만이 중요하고 다른 동료들은 그저 자신을 도와주는 사람으로 생각하는 일. 아이를 핑계로 다른 사람들에게 그 부담을 떠넘기는 일. 그 사람들에게 아이는 무기였다.

그래서 속으로 생각했다.

'그럴 거면 육아휴직 쓰세요.'

아마 그의 앞에서는 결코 이야기 못 할지도 모른다. 속으로만 생각할 뿐이지.

직장 동료였던 K선배는 아이와 함께하는 삶을 위해 멀리까지 전근을 갔다. A선배는 대체 근무자가 마땅치 않아 쉼 없이 교대 근무를 하다가 아이에게 소홀한 자신을 위해 육아휴직을 사용했다. P선배는 아직 어린 아이를 보기 위해 쉬는 날마다 비행기를 탄다. 이 모든 것이 지금 일어나고 있는 일이다. 엄마인 동료들은 대체로 멋있다. 부럽기도 안쓰럽기도 하지만 누군가를 키워내는 삶이 쉬울 리없다. 내가 아직 경험하지 못한 그 세계에서 엄마들은 어떻게 살고 있는 것인지 궁금하기도 하다.

본가에 간 저녁, 어머니와 한 이불을 덮고 누웠다. 어릴 때는 어머니가 참 커 보였는데 이제는 내가 두 팔로 꼭 안을 수 있을 정도다. 나만 커버렸다. 이런저런 이야기를 하다가 육아휴직으로 화제가 옮겨갔다.

"엄마. 있지, 우리 직장 선배 중에 한 분이 휴직하신대. 대체 근무자는 어떡하지?"

"B야. 아무 말 하지 말고 그냥 축하해 줘."

"딸이 힘들다는데 그런 말이 나와?"

"엄마는, 다른 휴직은 몰라도 육아휴직은 무조건 찬성이야. 엄마 때처럼 눈치 보면서 못 쓰는 세상이 아니면 좋겠어."

"엄마도 힘들었어?"

"그럼. 힘들었지."

"그래도 이렇게 대책 없이 쓰면 주위가 힘들잖아."

"어른이 힘든 건 잠깐이잖아. 육아휴직을 한 엄마를 통해서 아이의 인생이 더 행복해진다고 생각하자."

그래. 아이는 한 마을, 한 사회가 키우는 거라고 하잖아.

비로소 나는 육아휴직을 하는 이들을 향해 진심을 다해 웃을 수 있었다. 아이의 인생이 더 행복해지는 휴직. 그렇게 생각하니 약간 바빠지는 정도로 이룰 수 있는 일로는 충분했다.

안녕하세요, 예보관님!

멀리 떠나신 분의 생신이 휴대전화 메신저에 떴다. 직접 기르셨던 작물의 사진과 생전 모습이 함께였다. 몇 년 전에 뵌 것을 마지막으로 다시는 어디서도 뵐 수 없는 분. 돌아가신 분의 생신이었다.

　입사했을 때부터 경력 많은 예보관으로 직원들에게 인정받던 분이 계셨다. 은근히 다혈질인 성격에 술을 좋아하셔서 사고 치기 직전까지 간 적도 있는 분이다. 하지만 기상청 예보의 한 축을 맡고 계신 데다 알고 계신 지식도 폭넓었다. 후배들을 좋아하고, 후배들도 꼰대 같은 상사지만 차마 미워할 수는 없던 그런 분이었다. 그런 분이 올해 별세하셨다. 오랜 지병이었다. 채 예순을 채우지 못한 젊은 나이. 교대 근무를 하고 있던 나는 조문을 가지도 못했다. 쉬는 날이었더라도 시국이 시국인지라 제대로 조문을 할 수 있었을지도 의문이지만, 마음 한편에 아쉬운 감정은 계속 남아 있었다.

내 휴대전화에는 많은 선배님들의 전화번호가 저장되어 있다. 각종 행사를 치르면서 주변 직원들의 전화번호를 휴대전화에 입력해 놓는 것이 습관이 되어서 그렇다. 어차피 돌고 돌다 같이 근무를 할 가능성이 있으니 굳이 있는 연락처를 지우지는 않는다. 시간이 지나다 보니 그분들 중 퇴직을 하시거나 피치 못할 사정으로 별세하신 분들도 생기게 된다. 때로 휴대전화와 연동된 메신저에 당신의 생일이 뜨는 날에는 기분이 미묘하다. 오늘은 그런 날이다.

직접 뵌 횟수는 그리 많지 않을 것이다. 예보관으로 재직하실 당시 전화 통화는 종종 했더랬다. 다 같이 모이는 워크숍이나 행사가 있다면 반갑게 인사를 나누었다. 후배들이 워낙 많은지라 내 이름자를 기억하실지 모르겠다. 하지만 얼굴은 익어서 술 한잔을 나눌 정도는 되었다.

교대 근무를 오래하는 예보관들의 평균 수명은 제대로 연구된 바가 없지만, 일반 상근 근무를 하는 사람들보다 관리를 철저히 하지 않으면 각종 질병에 걸릴 위험이 높다는 것은 여러 연구에서 다루어졌다. 특히 간호, 소방직 등 다른 교대 근무자들을 대상으로 연구된 것이 꽤 있다. 그 어느 결과도 마찬가지였다.

　교대 근무는 결코 인간의 몸에 좋은 영향을 주지 않는다.

　기상청의 바쁨은 하늘이 정해주는 것이다. 앉아서만 일하는데도 야간 근무가 유독 피로한 이유가 그 때문이다. 바쁠 때는 더욱 컴퓨터와 모니터 앞을 떠나기 힘들다. 근무 내내 작은 숫자들을 봐야 하는 것은 물론이다. 근무만 야간일 뿐이지 낮 근무와 똑같은 업무를 처리한다. 아침이 되면 어지럼증을 느끼는 사람도 많고, 쓰러진 사람도 드물지 않다. 그래서 유독 문서의 '당연퇴직' 아래 사유를 보게 된다. 정년은 축하할 일, 사망은 애도할 일.

　몇 번이나 휴대전화 화면의 그분 프로필 사진을 열었다 닫았다 했다. 내게는 그저 동료의 죽음이지만 가족이나 지인들에게 이 메시지는 얼마나 가슴이 아플까. 예보관님과의 마지막 메시지는 내가 휴대전화를 옮기면서 사라졌다. 기억은 뚜렷하다. 딱 이런 시기에 그분이 있는 지역으로 내가 출장을 갔고, 다른 분들과 함께 만나며 생신을 축하한다는 말씀을 드렸다. 그때는 별생각 없었는데 이제는 말로나마 챙겨드릴 수도 없게 되었다고 생각하니 기분이 싱숭생숭하다.

그분이 돌아가실 때는 회사에서 일괄적으로 보내는 알림 외에 내게도 부고 알림이 따로 왔다. 예보관님의 휴대전화에도 내가 저장되어 있었던 것이다. 나는 그분께 어떤 후배였을까.

문득 그분의 유쾌한 웃음이, 단호한 결정들이, 허술한 듯 단단한 지성이 그리워졌다. 그분이 평생을 바쳤지만 여전히 예보는 답보 상태인 것 같고, 후배들은 고민의 연속이니까. 시스템은 고도화되고 새로운 예보 모델이 개발되는데, 우리가 가지고 있는 고민은 10년 전이나 20년 전과 그리 다르지 않다. 그가 있었다면 이런 일들에 대해 어떤 말씀을 하셨을지 궁금하다. 하지만 가장 여쭙고 싶은 것은 그냥 일상적인 인사들이다.

잘 지내시는지.

그곳에서도 여전히 예보 썰을 풀고 계시는지.

후배들이 잔소리한 것처럼 약주는 조금 줄이셨는지.

생신을 축하드린다고 무심한 듯 한마디 건네고 싶은 밤
이다.

TV에 제일 많이 나오는

"텔레비전에 내가 나왔으면 정말 좋겠네에 정말 좋겠네."

별것 아닌 자부심이 있다. 좋은 의미로든 나쁜 의미로
든 한국에서 기상청을 모르는 사람은 거의 없다는 것. 아
마 청와대와 국회 다음으로 TV에 많이 나오는 국가기관
이 기상청이지 싶다.

아주 오랜만에 예보관님 중 한 분이 예보 설명 외의 것
으로 방송을 타신다는 소문을 들었다. 긴가민가하게 알려
진 풍문에 어떤 프로그램인지도 추측이 난무했다. 국민
MC님이 나오는 프로그램이라고 했다. 최근 각계각층의

사람들을 인터뷰하면서 재미와 감동을 자아낸다는 프로그램. 다른 직원들에게는 방송 출연이 비밀이었던 것인지 모르는 사람이 태반이었는데, 예고편이 나오기 얼마 전에 알음알음 말을 해주었다고 한다. 어쩌면 서울에 근무하는 직원들은 제법 알고 있었을지도 모르겠다.

혹시나 싶어서 예고편을 찾아보았다. 네모난 화면 속에서 아는 얼굴이 나오더니 스쳐 지나가듯 영상이 끝난다. 세상에! 예전에 함께 근무했던 주무관님이셨다. 기상청 내에서도 말씀을 잘하시기로 유명하고 예보에도 일가견이 있는 분이다. 예전에 뉴스에도 나오신 적이 있는 것으로 알고 있는데 이제는 예능까지 출연하실 줄이야!

방송이 시작하기 몇 분 전에는 내가 나오는 방송도 아닌데 가슴이 두근거렸다. 딱딱한 날씨 인터뷰 방송과는 달리 유명한 예능에 나온다는 점도 신기했다. 공무원으로서 방송에 나간다는 것이 쉬운 일만은 아니다. 본인의 업무에 대해 자신이 없으면 결정하기도 힘들다. 일반인이자 공무원이라는 사실에 마음껏 자신의 끼를 내보이는 일은 불가능에 가깝다. 아주 오래전 〈능력자들〉이라는 프로그램에 기상 관련 콘텐츠가 나온 적이 있는데, 그때는 기상 캐스터로 유명했던 김동완 통보관이 게스트로 참여했더랬다. 기왕이면 기상청 직원들이 나가 능력자에 대한 이야기를 해주었으면 좋았겠다는 아쉬움을 가졌지만, 그렇게 하지 못한 사정도 있었을 것이다. 다행히 이번에는 직접 현장에서 뛰고 계시는 분이 등장해서 기상청에 집중할 수 있는 방송이었다.

그날 방송의 전체 주제는 공무원 특집이었다. 많고 많은 기관들, 엄청나게 고생하시는 분들 중에서 첫 번째로 기상청이 선택되다니, 어쩌면 국민의 관심을 받기 때문에 더 영광인 일이다. 주무관님의 인터뷰는 화기애애한 분위기 속에서 공무원, 그리고 예보관으로서 겪는 웃음과 슬픔이 공존했다. 다양한 예보들과 예보를 맞히기 힘든 이유를 소개해 주시는데, MC들의 질문이 나 또한 평소 가장 많이 받는 질문들이라 어떻게 답변하시는지 보는 것도 도움이 되었다. 시간으로 보면 30분이 채 안 되는 짧은 시간이었지만 그 방송을 보던 직원들은 단체 채팅방에서 이야기꽃을 피웠다. 마침 국정감사 직후라 다들 설렘과 우려가 반반이었다. 특히 강수 정확도에 대한 이야기가 몇 년째 빠짐없이 나오다 보니 그에 대한 걱정이 상당하던 차였다. 하지만 명불허전. 믿음대로 너무 무겁지 않으면서도 적절하고 부드럽게 이야기하시는 모습을 보고 안심이 되었다.

자료 사진으로 나온 것들 중에 명물 아이템인 '기상청 우산'이 소개되었을 때는 그립기도 했다. 그 우산은 예전 높으신 분의 아이디어로 만든 우산이었는데 "날씨 맞히기가 너무 힘듭니다"라는 예보관들의 솔직한 마음을 담고 있다. 일기도가 그려진 민방위복 색깔의 그 우산은 가지고 있는 사람이 전설일 정도로 찾아보기 힘든 것이 되었다.

그 주무관님의 이야기는 예보관을 대표하는 이야기이기도 하지만 한 사람으로서 살아가는 이야기이기도 했다. 기상예보관도 사람인지라 예보를 틀리고 싶어서 틀리는 일은 없다. 시험을 칠 때 틀리고 싶어서 틀리는 문제는 없지 않은가. 특히 비와 눈 예보는 국민의 기대를 충족시킬 수 있을까, 가끔은 의문이 들 정도로 어렵기만 하다. 모든 기상청 사람들의 소원 중 하나가 신뢰성 있는 모델 자료일 것이다. 예전보다 정확도가 많이 올라갔다고 생각하지만 아직 멀었다. 올해도 무지하게 혼났으니까. 짧게 나오는 영상에는 예전에 함께 근무했던 분들의 모습이 담겼다. 자주 보는 기상청 2층 국가기상센터의 모습도 보인다. 그곳에서 연말과 새해와 추석과 설을 보냈더랬다.

뿌듯한 한편으로는 걱정이 된다. 이 영상으로 일은 안 하고 말만 그럴듯한 공무원이라는 평가를 받을까 봐. 혹여나 용기 내서 인터뷰에 나서신 분이 상처를 받을까 봐. 아니나 다를까 동영상 사이트의 댓글에는 벌써 악플이 달리기 시작한다. 아마 이 악플들은 두고두고 내 마음에도 짐이 되겠지. 그분의 말씀이 가슴에 남는다. 예보관은 계속 공부하지 않으면 버티기 힘든 업무라고, 끊임없는 노력과 자기반성의 자세가 필요한 직업이라고.

먼 미래가 될지라도, 내가 살아 있으면서 기상청이 방송이나 국정감사에서 크게 칭찬 받는 모습을 꼭 한 번 봤으면 좋겠다. TV에서 "잘했다, 기상청!"이라고 앵커들과 리포터들이 칭찬해 주는 모습을 보고 싶다. 뿐만 아니라 세계에서도.

너무 큰 욕심일까?

시간과 돈을 길에 놓는다

연휴를 맞아 오랜만에 고향으로 향했다. 내 고향은 부산. 쉽게 가려면 비행기를 타는 것이 가장 빠르고, 어렵게 가려면 고속버스가 있으며, 돈을 투자하려면 KTX를 타면 된다. 가장 몸이 힘든 건 직접 차를 운전해서 가는 경우인지도 모르겠다. 최소 400km를 달려야 하는 데다 중간중간 정체가 심한 구간인 대구와 낙동강 인근을 거치기 때문이다. 내가 사는 곳은 도시 외곽인데도 그 정도인데, 더 중심가에 살거나 대중교통으로 이동하기 어려운 곳에 산다면 시간은 같은 도시 안에서도 배로 늘어난다.

생각해 보니 국가직 공무원들은 대부분 원격지 발령을

받는다. 발령 주기도 일정하지 않다. 기상청은 특히 그렇다. 보통은 이른 봄과 한여름에 정기 인사이동이 있다. 하지만 본청 차원에서 이루어지는 큰 인사이동뿐만 아니라, 지방청 내에서 이루어지는 소소한 인사 발령도 있기 때문에 1년에 최소 네 번의 인사이동 시기를 거치게 된다. 좀 익숙해질 만하면 새로운 인사이동 소식이 들려오는 신기한 시스템이다. 요 몇 년간은 예보 정확도를 올리기 위한 방법의 일환으로 대대적인 조직 개편이 이루어졌고, 그에 따라 인사 발령도 크게 나기 시작했다. 지방청 단위의 인사이동이 이루어질 확률이 잦은 것이다.

그래서인지 7~9급 직원들은 인사이동으로 자리를 옮기는 경우가 매우 잦다. 한 직원은 이번에 근무지를 옮기면서 계산해 보니 한 근무지당 평균 근무 기간이 0.8년 정도였다. 한 곳당 1년도 채 있지 못한 것이다. 그 직원이 옮긴 부서가 내가 알기로도 서울과 제주가 있었고, 다른 도시도 포함하면 다섯 손가락이 넘어간다. 적응이 얼마나 힘들었을지 말을 하지 않아도 눈에 선했다.

업무도 업무지만, 기상청 가족들 중에 일명 '이산가족'이 많다는 것도 조금 슬픈 일이다. 내가 대학에 들어가서 놀란 일 중 하나는 생각보다 초등학교 6년을 한 학교에서 다닌 아이들이 많다는 것과 초·중·고등학교를 모두 같이 나온 친구들이 많다는 것이었다. 사람들은 쉽게 초등학교 때부터 있었던 모임에 관해 이야기하지만, 초등학교 때에만 전학을 두 번 가서 총 세 곳의 학교를 다닌 나로서는 공감을 못 할 때가 많다. 어린 시절의 추억이라는 것도 사람이 아닌 특정한 사물이나 풍경과 관련된 추억이 대부분이다. 기상청의 아이들과 비슷한 경험을 해온 것이다.

기상청에 다니는 부모님을 둔 아이들은 자라면서 강제로 선택지를 가지게 된다. 주말에만 보는 아버지(또는 어머니)와 함께 자라거나, 학창 시절에 최소 한 번은 전학을 하는 것이다. 원격지 발령이 잦다 보니 온 가족이 다른 도시로 이사한다는 이야기가 항상 들려온다. 다행히 공무원은 가족들의 이사 비용까지 지원 받는 제도가 있어서 이사에 대한 경제적 부담은 비교적 적다. 문제는 집을 당장 구하기 힘들 때다. 현재 살고 있는 집을 정리하기 힘들 때나 발령이 나는 곳에 마땅한 집이 없으면 이사가 미뤄지고 이산가족이 되기 일쑤다.

가족과 함께하고 싶은 마음은 모두가 같다. 그래서 기상청에는 주말이나 휴일에 가정으로 향하는 사람들이 많

다. 본인의 차로 이동하는 사람도, 대중교통을 타는 사람
도 힘들긴 매한가지. 고향이나 여행을 가는 것도 아니고
내 가족을 보기 위해서 최소 2시간을 길에 쏟아붓는다.
원격지 근무를 하는 사람들의 농담 중 하나로 '시간과 돈
을 길에 버리는 직업'이 있다. 또는 '한국도로공사 VIP'나
'KTX VIP' 같은 말들도 심심찮게 들려온다. 회사 내에 이
런 분위기가 항상 있으니 직원들은 대부분 서로를 배려해
휴일에 피치 못하게 출근을 해야 하는 경우나 야간 근무
를 줄이려고 노력한다.

회사에서 고향을 가는 데 소비하는 시간은 비행기를 기
준으로 편도 3시간 정도. 기차로는 5시간이 넘게 걸리고
고속버스는 7시간 정도가 걸린다. 회사에서 나와 바로 공
항이나 역으로 향했을 때의 가정이다. 덕분에 나는 버스
안에서 책 읽기의 달인이고, 비행기 안에서 글 쓰는 것이
취미가 되었다. 기차를 탔을 때는 주로 영화를 본다. 하지
만 그 모든 일을 하는 것보다 가족이 나와 가까이 살았으
면 좋겠다는 생각이 강하게 들 때가 있다. 스스로 선택한
길이지만 가끔은 숨이 막힌다. 많은 선배들의 선례를 보
고 있자면, 평생 이렇게 살아야 할 것 같아서. 나의 가족
이 생겼을 때 어떤 선택을 해야 할지 아득하다.

팩스 뜯어 일기도 그리던 시절

아주아주 오래간만에 직장 선배들과 술자리를 가졌을 때의 이야기다. 길고 긴 하루 근무를 끝내고 근처 고깃집으로 향하는 발걸음이 가벼웠다. 그들은 앞서 걸었다. 한 손에는 납작한 서류 가방이 있었지만 옷은 비교적 편안했다.

나는 한 걸음 뒤에서 휴대전화를 만지작거리며 고깃집 메뉴를 생각했다. 어차피 회식 때마다 비슷한 메뉴다. 삼겹살과 목살에 식사로 냉면이나 공깃밥을 추가한다. 소주는 가장 높은 분의 취향에 맞게 참이슬. 배가 불러 먹지도 마시지도 못 하게 하는 맥주가 싫어 나도 회식 때만은 소주파로 전향한 지 오래다.

시끌시끌한 고깃집은 고기 익는 냄새와 연기로 골목 어귀까지 존재감을 뿜내고 있었다. 지금처럼 코로나19가 득세하던 시절도 아니었다. 따닥따닥 붙은 사람들이 비틀비틀 걸어간다. 기상청 예보관들은 다른 사람들에 비하면 퇴근시간이 늦다. 이미 얼큰하게 취한 직장인들 사이에 자리를 잡는다. 밥 때를 놓친 위가 꾸룩대며 아우성쳤다.

컵의 반 정도를 채워 소맥이 배분되었다. 내 앞에도 맥주보다 연한 개나리색 소맥이 올라왔다. 안주가 나오기도 전에 선배가 선창을 외친다. 뒤따라 신나게 흥을 돋우는 것은 내 몫이다. 크게 따라 한다.

"오늘도 고생하셨습니다~!"

예보관을 하면서 가장 좋은 점이 무엇이냐고 묻는다면, 나는 뒤도 안 돌아보고 시간이 되면 나올 수 있는 칼퇴근이라고 할 것이다. 어차피 남아봤자 할 수 있는 일도 그다지 없다. 개인적인 업무를 볼 수는 있겠지만 주 업무는 아니다. 예보는 이미 나갔고 예보관이 할 수 있는 것은 그것이 맞기를 기다리는 일뿐. 그러니 지쳤든 볶았든 하루의 일은 큰 사건 사고가 없는 한 근무 안에 마무리되어 뒤도 안 돌아보고 나갈 수 있다. 그러니 퇴근 때마다 어쨌거나 상쾌하다. 예보가 틀리다면 내일 혼나겠지만 그것은 내일의 일이다.

회사 생활을 하며 고기 굽는 실력이 늘었다. 적당히 달군 불판에 두꺼운 고기를 올리고, 한쪽 면이 노릇해질 때까지 기다린다. 김치나 마늘을 올려 자칫 부족해지기 쉬운 채소를 보충한다. 고기 끝부분이 노릇노릇 익으면 뒤집어서 다른 면을 익힌다. 그 사이사이 선배들의 이야기에 맞장구도 치고, 빈 잔을 채우고, 모자란 반찬을 추가하기도 하고. 사실 내가 하지 않으면 누군가가 하겠지만 자잘한 일을 챙기면 대화에 집중하지 않아도 된다는 좋은 핑계가 생긴다. 뭐, 고기가 타는 것을 차마 보지 못하는 내 성격도 있긴 하다.

오늘도 술에 얼큰하게 취하자 선배들은 각자 자기가 얼마나 열심히 예보관 생활을 했는지 이야기를 풀어내기 시작했다. 여기서 좀 눈에 띄게 리액션을 하면 이야기는 순식간에 세기를 뛰어넘는다. 오늘의 이야기는 1980년대 후반에서 90년대 초반이 배경이 됐다. 선배들 중 몇 분은 공군이나 육군에서 기상 관련 업무에 복무했다고 한다.

"그때는 말이야! 지금처럼 일기도가 올 컬러가 아니었단 말이지. 지금 애들이 보면 아마 뜨악할 거다."

"맞습니다. 저도 막 감열 롤인화지로 된 팩스에서 일기도 뽑아 쓰고 그랬어요. 연말 되면 종이가 모자라서 한반도 근처만 나오면 쫙 뜯고 쫙 뜯고 아주 난리였는데."

"이야~ 너희 부대는 우째 예산도 없었냐?"

"그러게 말예요."

나와 다른 직원들을 앞에 두고 공군을 나온 두 선배가 만담처럼 이야기를 이어나갔다. 1996년, 아버지가 모뎀으로 인터넷 연결이 되는 컴퓨터를 샀을 때부터 인쇄와 복사를 부족하지 않게 누린 나는 그 이야기를 거의 이해할 수 없었다. 이야기를 듣다 보면 고전 미국 영화에서나 나올 법한 상상을 하게 된다. 타자기처럼 생긴 팩스에 열로 뽑아내는 용지. 해상도도 좋지 않고 일기도는 일본 일기도가 제일이던 시절.

그리고 그 시절이 겨우 한 세대가 지났을 뿐인데 이렇게 최첨단 장비로 하루에 10만 장쯤 되는 일기도를 볼 수 있다는 것. 너희는 모두 감사해야 한다는 것. 언제나 이야기의 흐름은 '요즘 애들'로 이어진다. 요즘 애들은 복에

겨워서, 요즘 애들은 정신 차려야 해. 그 자신들의 자제분들이 있음에도 비슷한 나이의 신입 직원들은 '요즘 애들'이고 아들과 딸은 '우리 애'다. 적당히 말을 맞춰주고 다른 소재의 이야기를 꺼냈다.

화두로 오른 감열 인화지라는 개념조차 몰라 초록창에 '구형 팩스'를 검색한다. 요즘에는 대부분 영수증 용지로 사용하고 있는 그 감열지의 큰 버전이었다. 몇 미터 되어 보이지도 않는 그 팩스 롤을 일기도 크기에 맞춰서 찢던 그 시절의 예보는 얼마나 살 떨렸을까. 어린 날의 선배들은 일기도가 제때 안 나오기라도 하면 그들의 선배에게 무지하게 혼이 났다고 한다. 지금으로 따지면 슈퍼컴퓨터나 수치 모델 시스템이 오류를 일으켜 자료가 나오지 않는 것이나 마찬가지일 것이다.

고기는 어느새 바닥을 보이고 있었다. 예보관들의 회식은 비교적 빨리 끝난다. 늦게 시작하기 때문에 술을 급하게 마실 때가 많고, 내일도 12시간 근무가 기다리고 있기 때문이다. 그날 회식의 결론도 그것이었다. 세상이 참 많이 변했다는 것. 그때만 해도 2020년쯤 되면 종이는 쓸 필요도 없고 예보는 100% 맞을 줄 알았지. 터미네이터 같은 로봇들이 옆에서 기압계도 불러줄 줄 알았지. 그런 등골이 서늘하기도 하고 희망 사항 같기도 한 농담들.

그 말씀들이 '라떼' 대잔치인 것과는 별개로 그들은 기상 역사의 산증인이기도 하다. 아마 나는 이런 전설 같은 이야기를 또 후배들에게 전래 동화처럼 이야기할지도 모른다. 등에 메고 다니던 휴대전화에서 스마트폰으로 진화한 만큼 한국의 예보 시스템도 진화했다는 생각에 어쩐지 기대가 된다. 30년 후에는 또 어떤 시스템이 우리를 기다리고 있을지.

어느 기러기 아빠의 저녁

우리 회사에는 기러기 아빠가 많다. 기러기라기에는 집으로 돌아가 가족을 만나는 날이 꽤 빈번하니 주말 아빠라고 해야 옳을지도 모르겠다. 그 아빠들은 마흔이 넘은 나이에 타지에 나와 교대 근무를 하든 상근 근무를 하든 가족들과 떨어져 홀로 지낸다. 힘들어하는 이들도 즐기는 이들도 있지만, 공통적으로 그들에게는 외로움이 있다.

추운 날 저녁, 업무를 마치고 아이들을 위해 붕어빵이나 치킨을 사서 문을 열고 들어가 안아주지 못하는 외로움. 그들은 식사를 대부분 홀로 해결한다. 아침은 먹지 않거나 간단한 우유, 간식으로 대신한다. 조금 생활력이 강한 분이라면 아내가 챙겨준 반찬에 누룽지 정도는 드실지도 모르겠다. 저녁은 반주와 함께한다. 번개나 회식이 잡히는 날이면 돈을 쓰더라도 반가워한다. 서늘하고 어두운 집에 돌아가는 것보다 회사 사람들과 이야기를 나누는 편이 훨씬 안정감을 준다고 했다.

기상청 생활을 하면서 보는 '자취생'들은 아주 고수이거나 아주 대충이거나, 둘 중 하나였다. 고수인 사람들은 홀로 사는 것이 거의 독립인 셈이다. 자기 집을 깨끗하게 관리하지 않을 사람이 어디 있겠는가. 혹은 스쳐 지나간다 해도 몸에 밴 깔끔함과 다음 사람에 대한 배려가 있어서, 사는 당시에는 그저 그런 생활일지언정 나갈 때는 마치 없었던 것과 같다.

대충인 사람들은 돌아갈 곳이 있기에, 그들이 머무는 공간은 호텔과 마찬가지다. 치워주는 사람이 없는 숙박업소. 그런 이들이 머물다 간 회사의 관사는 들어가 보면 한숨이 나올 정도다. 분명 관사는 금연이건만 담배 연기에 찌들어 누렇게 변해버린 벽지. 퀴퀴한 냄새가 나는 집 안. 싱크대는 언제 닦은 것인지 물때와 기름때가 가득하고, 화장실에는 곰팡이가 잔뜩 피어 성한 실리콘이나 줄눈을 찾을 수 없을 정도다. 베란다에는 쓰레기가 한가득하다. 이는 남녀를 가리지 않지만, 남자의 비율이 좀 높긴 하다.

홀로 오랫동안 지내온 사람이라면 옷이나 매무새를 신경 쓰는 요령이 있을 터이다. 그러나 챙겨주는 이가 어머니에서 아내로 자연스럽게 변해온 이들은 어딘가 어설프다. 구겨진 바지나 재킷은 펴질 줄 모른다. 공과금이나 주민세 내는 법을 모르는 사람도 있다. 그런 사람들일수록 원격지 근무 생활은 험난하다. 제1의 목표가 집 근처로 가는 것일 만큼.

일상에 외로움이 묻어서 회사를 '가족'이라고 부르는 사람을 보면 조금 짠해진다. 일주일 동안 회사 밖의 사람들과 감정 교류를 할 수 없으니 그 교류를 회사 안에서 찾는 것이다. 약간의 호의와 정으로 마무리된다면 좋겠지만 가끔은 집착과 질척임으로 느껴지기도 한다. 그들은 다른 직원들이 자신에게 맞춰주지 않으면 일방적으로 상처 받는다. 적당한 선을 지키지 않고 매 저녁 자신의 외로움을 달래주기를 바란다. 상대도 자신처럼 외로울 것이라 생각하거나, 애초에 상대의 감정은 안중에도 없다. 처음에는 맞춰주다가 지쳐서 점점 멀리하게 되어서, 그들 곁에 남는 사람은 결국 비슷한 외로움을 가진 이들뿐이다.

그들에게도 자유로운 시절이 있었겠지. 어쩌면 나도 40대에 홀로 나와 살게 된다면 저렇게 외로움에 몸부림칠지도 모르겠지. 내 아이의 하루 일과를 고작해야 영상통화로밖에 알 수 없다는 것이 슬프겠지. 그럼에도 가족을 책임져야 한다는 마음에 하루하루를 보내겠지. 다가올 주말을 기대하면서.

가족들과 길게 통화한다. 아이들은 그들이 보지 못하는 사이 자꾸자꾸 커간다. 야근을 마치고 집에 갔더니 '아저씨' 소리를 들었던 경험을 이야기하는 한 아버지의 농담 섞인 말 속에는 쓸쓸함이 배어 있다. 공무원으로서 버는 돈은 결코 풍족하지 않다. 외벌이라면 특히 그렇다. 아이들 학교와 학원도 보내야 하고, 부모님은 점점 나이가 들어 그에게 의지하는 일이 많다. 통화를 끊고, 의자에 앉아서 길게 한숨을 쉰다.

타인의 시선으로 보는 기러기 가족은 조금 희미하고 우울한 색이다. 홀로 떨어져 있는 사람일 수록 더욱 그렇다. 무리에서 떨어진 기러기로 살던 그들은 집 근처로 발령을 받을 때 가장 행복해한다. 몇 년 전 그렇게 다른 지방으로 가신 그분들은 모두 행복하실까.

팀장님은 담배 타임

요즘은 흡연자가 많이 줄었다지만 여전히 담배를 일상의 휴식으로 여기는 분들이 많다. 예보관도 다르지 않다. 오히려 단시간에 결정을 내려야 하는 직업이기에 그들 중에는 오랫동안 금연에 성공했다가 흡연의 세계로 다시 돌아오는 사람이 많다.

흡연자들의 특징이 있다. 찾으려고 하면 타이밍이 나쁜지 사라져 있다. 그것을 일명 '담탐'이라고 부른다. 건물 구석에 옹기종기 흡연자들만의 세계가 만들어진다.

예전에 신문 기사로 직원 간 형평성을 위해 비흡연자에게 엿새간의 휴가를 더 주는 회사 이야기를 읽은 적이 있다. 일본의 한 마케팅 회사였다. 일본은 흡연이 너무 자연스러워 아직까지도 식당에서 담배를 필 수 있는 나라다. 얼마나 흡연자가 많았으면 이런 휴가까지 생길까. 그러나 더 이상 사무실 안에서 담배를 필 수 없게 된 한국도 사정은 비슷할 것이다. 생각해 보니 "담배 한 대 피러 가시죠"가 "잠깐 휴식하시죠"와 동급의 언어가 되어 있는 남성들의 화법과 달리 여성 직원들은 온종일 자신의 자리에 매여 있다. 그들이 자리에 없으면 "무슨 화장실을 이렇게 오래 가?"라는 말도 심심찮게 들려온다. 다행히 조직 문화도 조금씩 바뀌고 있어서 이런 이야기가 들리는 일은 적어졌지만 '담배'를 통해 누리는 남성들의 휴식 시간은 여전하다.

누군가는 남성 흡연자와 여성 비흡연자로 나누어지는 이 이야기에 불편함을 느낄 것이다. 최근에는 흡연하는 여성들도 많아졌고 거리를 지날 때도 자연스럽게 지나갈 수 있지만, 공무원 사회 안에서는 다르다. 아직도 담배 문화는 남성들의 전유물이며, 여성이 그 사이를 끼어 들어오는 순간 온갖 뒷소문이 따라붙는다. 농담으로 "한 대 피러 가실까요?"라고 묻는 여성 직원에게 흡연을 하는 남성 직원이 "너 담배 펴?"라고 온 사무실이 울리도록 면

박을 주었던 적도 있다. 흡연자든 비흡연자든 남성 직원
이라면 흔쾌히 가자고 했을 일이다.

갓 신입 딱지를 떼고 꽤 큰 부서로 옮겼던 때에 나로서
는 충격적인 일을 겪었다. 당시 내가 일하던 부서의 직원
들 중 친한 선배 여성 직원들이 있었다. 아침에 조금 일찍
출근해서 커피를 잠깐 마시러 직원 휴게 공간에 갔다가
기분 좋게 하루를 시작한다고 생각하며 다시 자리로 돌아
왔다. 당연히 업무 시작 시간 전이었다. 컴퓨터를 켜고 아
침에 세팅해 놓은 자료들을 다시 보며 업무 스케줄을 준
비하는데 팀장님이 가장 나이가 많은 선배 직원이신 K주
무관님을 부르는 것이었다. 아침 출근 시간부터 무슨 이
야기인가 싶어 관심을 두지 않았는데, 이내 둘 사이에서
오가는 말이 들렸다.

"아니, 팀장님. 저희가 커피를 오랫동안 마신 것도 아니고
  출근 시간을 어긴 것도 아닌데 뭐가 문제세요?"
"부서 여직원들이 출근 시간 전에 그렇게 몰려다니면서
  수다나 떠는 게 나는 좋아 보이지 않아요."
"그럼 남자 직원분들이 담배 피우러 시시때때로 내려갈

때는 왜 아무 말도 안 하시는데요? 업무 중에 가시는데?"

"K주무관은 그거랑 이게 지금 이야기하기에 같다고 생각
해요?"

화딱지가 나는 대화였다. 무엇이 그의 심기를 편찮게
했는지 분명해졌다. '여직원'들이 자리에 없는 그 모습이
마음에 들지 않았으리라. 출근 시간 전에는 마땅히 차분
하게 하루의 업무를 준비해야 하는 사람들이라고 생각했
는지도 모른다. K선배님은 처음에는 팀장님이 농담으로
한마디하신 거라 생각했다고 한다. 하지만 자세히 들어보
니 그것이 아니었던 것이다. K선배의 말에 정말 격하게
공감할 수밖에 없었다.

당시 부서장님을 비롯한 그 아래의 남자 직원 중 절반
이상이 담배를 피웠고, 그들은 종종 담배 타임을 외치며
자리에서 사라지곤 했다. 다른 직원, 특히 여자 직원들은
5분이면 되겠지 하는 마음으로 보고를 미루었다가 급하
게 일을 처리하는 경우도 종종 있었다. 그는 그런 사람들
을 보고는 아무 이야기도 하지 않은 채 콕 집어 '여성 직
원들의 커피 타임'을 문젯거리로 삼은 것이었다.

"담배는 머리 아프니까 잠깐 피러 가는 거고, 그렇게 소란스럽게 갔다 와야 합니까?"

"지금 팀장님은 뭐가 마음에 안 드시는 거세요? 저희가 다 같이 갔다 온 게 문제인 건가요, 소란스러운 게 문제인 건가요, 자리를 비운 것 자체가 문제인 건가요?"

지금도 그때의 K선배는 정말 존경스럽다. 작은 기관에서 홀로 예보 업무를 수행하다가 막 상경한, 큰 부서에서 근무하는 일이 처음이던 나는 그렇게 직원들에 대한 직접적인 차별을 느끼는 일도 처음이었다. 혼자였다면 당황해서 외면했을지도 모른다. 그런 상황에서 화를 내지 않고 논리적으로 상사에게 '차별' 이야기를 꺼내는 K선배는 멋있었다. 자신보다 급이 높은 남성 상사에게 당당하게 의견을 개진하고, 올바르지 않은 것을 바로잡으려는 모습은 내 롤 모델이 되었다. 결국 그 팀장님은 우리 중 아무도 설득하지 못한 채 흡연자들의 휴식은 당연한 것이고, 비흡연자들의 휴식은 당연하지 않은 것으로 생각하는 비합리적인 상사라는 인상만을 남겨주었다. 나아가 굳이 '여직원'이라는 단어를 선택하면서 성차별적인 화두를 꺼낸 상사라는 인상도 함께였다.

아직도 나는 그가 무엇이 가장 싫어서 우리의 친목 도모를 대놓고 면박 주었는지 모르겠다. 그가 했던 발언들에 너무 많은 차별이 담겨 있기 때문이다. 중간 관리자로서 부하들이 출근 전에 다 같이 자리를 비워서 싫었던 것인지, 남성 상사로서 여성 부하에 대한 못마땅함인 것인지, 그것도 아니면 그냥 커피가 싫었던 것인지. 실제로 그날 그는 다른 직원들이 담배를 피러 나간다고 하자 아무 말도 하지 않았다. 그럼 우리도 담배를 피러 간다고 했어야만 괜찮았던 것일까?

공무원은 흔히 보수적인 사회라고 한다. 하지만 우리 기관은 마냥 공무원이라기에는 굉장히 열려 있는 사람들이 많다고 생각했다. 실제로 고학력 여성 고위직도 많은 편이라서, 늘 내게는 그 점이 우리 회사의 자랑이었다. 지금도 마찬가지다. 예보를 하시는 분들 중에도 여성의 수가 정말 많이 늘어났고, 신규 직원들은 말할 것도 없다. 그런데도 아직까지 내가 겪었던 것과 같은 일이 비일비재하다.

흡연이 나쁘다는 것이 아니다. 간접흡연과 담배 찌든 냄새로 다른 사람을 힘들게 하는 사람도 있지만, 담배 피운 흔적도 남지 않게 하는 사람 또한 많다. 개인의 소중한 휴식 시간일 수 있으니, 잠깐 가지는 흡연 시간은 꼭 필요한 재충전의 시간일 것이다. 하지만 재충전의 시간에 대한 시선은 흡연을 하는 직원과 하지 않는 직원에게 똑같이 적용되어야 하지 않을까?

그리 오래지 않은 과거에 '담탐'을 가지는 선배 예보관들을 보며 나도 담배를 피워야 이 사무실을 겨우 벗어날 수 있을까 하는 생각을 했었다. 그리고 이 사건을 계기로 깨달았다. 결국 만나는 상사에 따라서 내 '재충전'도 결정되는 것임을. 지금은 퇴직하셨을지, 어디에 계시는지도 모르는 그 팀장님이 가끔 생각난다. 몇 년이나 세월이 지나서 지금은 내가 겪은 일을 겪는 사람은 많지 않을 것이라 생각하고 싶다.

산책이니 티타임이니 흡연이니 할 것 없이 개인의 휴식이 똑같이 존중 받는 세상은 언제쯤 오게 될까?

3.
지금 여기
이곳에서
일하고 있습니다

: 기상청, 그리고 나

콜센터는 아니지만
전화는 늘 하셔도 됩니다

올해 초까지 쓰던 전화기가 있다. 일반 회사나 공공기관
에서 정말 많이 사용하는 모델로, 나는 그 전화기가 없는
회사를 본 적이 없다. 벤처기업이나 작은 규모의 회사라면
모르겠지만, 딱딱하고 수직적인 큰 규모 회사에서는 약간
의 모델 차이만 있을 뿐 그 전화기를 사용하곤 했다. 교대
근무자가 사용하는 전화기는 24시간 시시때때로 벨 소리
가 울린다. 때가 타 꼬질꼬질하지만 벨 소리가 여섯 개 정
도 내장되어 있어서 다른 사람과 다르게 바꿀 수 있다. 착
신 전환과 당겨 받기, 돌려주기를 주로 쓰는 그 전화기는
아주 오랫동안 많은 사람들의 귀와 입이 되어주었다.

또로로 또로로 또로로로롱

삐리리리리리리리리리리

또또로롱 띠띠리로

여섯 개의 벨 소리 중에서 나는 이 세 가지 소리를 가장
좋아했다. 전화기 벨 소리에도 부서장님의 취향이 들어
간다. 자신의 벨 소리와 같은 벨 소리를 싫어하는 사람
도 있고, 부서 내에 울리는 소리는 모두 통일되어야 한
다는 사람도 있다. 나는 다른 사람과 차별화된 나만의
소리가 좋다. 그래야 아무 벨 소리에나 깜짝깜짝 놀라
지 않으니까. 예보 부서는 대부분 한 전화기를 교대 근
무자들이 돌려쓰기 때문에 각자 역할에 따른 벨 소리를
지정해 놓는다.

그 벨 소리를 하루에 스무 번, 서른 번씩 들으면 귀에
인이 박힌다. 내가 콜센터가 된 것 같은 느낌을 지울 수
가 없다. 자연스럽게 전화를 받는 법, 전화상으로 기분이
나쁘지 않은 대화법을 익히게 되었다. 누구나 그렇겠지만
입사 초기의 나는 공무원으로서 한 번도 전화를 받아보지
못한 사람이었다. 그래서 때가 탄 회색빛 전화기가 울리
면 저도 모르게 손을 떨면서 받고는 했다.

"여보세요?"

처음 전화를 받았을 때 아마 난 높은 확률로 이렇게 말했을 것이다. 스물네 살. 대학을 졸업한 지 얼마 되지 않은 어수룩한 사회인인 데다 첫 발령지는 작은 기관이라 전화 예절은 누구도 제대로 이야기해 주지 않았다. 물론 아르바이트하던 곳들에서 전화를 받은 적이 있지만 보통은 상호명만 이야기하지 않는가. "○○편의점 ○○점입니다~"처럼 밝지만 차분한 목소리로 명랑하게. 기상청이라고 해야 할지, 발령지였던 기상대를 말해야 할지, 소속도 같이 밝혀야 할지, 아니면 휴대전화 콜센터에서 들리던 서비스 직원의 목소리처럼 "환영합니다. 고객님~" 하고 맞아야 할지. 고객이라는 말은 또 적절한지. 전화를 들어 올리는 0.5초간 내적 갈등이 주마등처럼 스쳐 지나갔다. 내가 했던 이야기는 정확히 기억나지 않는데, 옆에서 근무를 도와주시던 직원이 피식 웃으셨으니 분명 합격점인 답은 아니었을 것이다.

"안……녕, 하세요! B입니다."

전화보다 문자를 선호하던 사람에게는 너무 힘든 난관이었을까? 내 첫 발령지는 전라도 사투리가 진하게 흘러 다니는 시골이었다. 반면에 나는 경상도에서만 20년 넘게 살아 경상도 사투리로 말하는 것이 일상이었으니 그 어색함은 말할 필요도 없을 것이다. 전화를 받는데 며칠이 지나도 내 말투가 고쳐질 생각을 안 했다. 내가 하는 말을 전화 받는 이들이 잘 알아듣지도 못해서 결국 내 말투는 울며 겨자 먹기로 표준어에 가까운 말투가 되어버렸다. 그렇게 전화기에 익숙해질 때까지 사계절이 꼬박 걸렸다. 이제는 새벽 가장 피곤한 시간에도 본능처럼 전화를 받는 수준에 이르렀다.

민원 전화가 울리는 곳이라면 대부분 마찬가지겠지만, 내가 일하는 곳도 성난 민원을 받을 때가 가장 무섭다. 이유를 설명할 틈은 주지 않는다. 받자마자 시작하는 입에 담기도 힘든 욕설도 있고, 차분한 듯 "예보가 왜 맞지 않았냐", "다 죽어버리지 그랬냐" 이야기하는 사람도 있다. 전국 단위로 지청이 있는 만큼 다양한 사투리로 들려온다. 실제로 그런 사람들의 말이 무서웠던 적도 있지만 이제는 그러려니 할 뿐, 그 사람들을 실제로 만나서 내가 해코지를 당할 것 같다는 생각까지는 들지 않는다. 민원 업무의 많은 부분이 기상청 대표 콜센터(131)로 옮겨 간 덕분이기도 하다.

전화를 받으면서 내가 주로 지키고자 하는 것은 세 가지 정도다. 하나는 상대방의 말이 끝날 때까지 들어줄 것. 대부분 본인 이야기를 횡설수설하는 경우가 많다. 특히 이른 아침과 늦은 밤 시간이 심하다. 그런 분들의 말을 끊을 경우, 한창 말하고 있던 입장에서는 굉장히 기분 나쁠 수 있기 때문에 세운 마음가짐이다.

두 번째로는 가능한 한 표준어를 사용하려고 노력한다. 국가직으로 다양한 지역으로 발령을 받기 때문에 경상도 사투리를 쓰던 내가 전라도 지역에 가는 날이면 말이 통할지부터가 고민이었다. 직접 얼굴을 마주 대고 이야기할 때보다 전화로 이야기할 때 말을 못 알아듣는 경우가 굉장히 많았기 때문이다. 표준어를 사용하면서부터는 그런 어려움이 좀 줄어들긴 했다. 신기한 것은 이곳저곳 옮겨 다니다 보니 애매하게 사투리가 옮겨 붙기도 한다는 것이다. 전라도 사투리가 들리는 전화에는 전라도 억양이, 강원도 사투리가 들리는 전화에는 강원도 억양이 내 말투에도 아주 조금씩 묻어서 전화선을 타고 흘러 나간다.

그리고 마지막 하나는, 전화를 끊을 때 가능한 한 시의 적절한 마무리 인사를 해주자는 것. 아침 시간이라면 "좋은 하루 보내십시오"를, 저녁 시간이라면 "좋은 밤 보내십시오", 주말이 가까우면 "즐거운 주말 보내십시오", 나쁜 날씨를 앞두고 있을 때는 "안전한 날 보내십시오" 같은 것들. 애매한 시간에 애매한 인사를 해서 서로 어색해진 경험도 있지만, 다행히 그런 인사들을 아주 즐겁게 받아주시는 분들도 계셨다. 내가 발표한 예보 외에 국민들에게 직접 도움이 되는 경우는 많지 않으니, 그렇게라도 전화를 받는 상대방의 하루가 조금 더 즐거웠으면 하는 마음이다.

본의 아니게 콜센터 같은 일을 하다 보니 각종 서비스업에 종사하는 분들과 전화를 할 때 내 이야기를 조곤조곤 말하는 버릇도 생겼다. 육하원칙에 따라서 천천히. 그리고 콜센터 직원들이 대응해 줄 수 있는 부분과 아닌 부분을 확실히 하고 전화를 끊을 때 마무리 인사까지 끝내면 서로서로 기분 좋은 통화를 했다는 기분이다. 주변에 콜센터 경력이 있는 지인들이 여럿 있어서 그런 걸지도 모른다. 이 사람이 내가 아는 사람일지도 모른다고 생각하면 누구나 조금 더 누그러지지 않겠는가.

전화를 걸고 받는 일은 힘들다. 성과로 남는 일도 아니고 욕이나 항의를 듣거나 질문을 받는 것이 대부분인 일인 데다, 기상청에서는 민원 담당자 말고도 민원 전화를 받는 경우가 허다하다. 예보가 맞지 않거나 설명해 주기 애매한 상황일 때는 더더욱. 함께 일하는 직원 중에서는 전화가 싫다는 사람도 많다.

그래도 예보의 최전선에서 예보가 필요한 사람들의 이야기를 들을 수 있다는 것을 다행으로 여겨야겠지, 하고 넘길 뿐이다.

매일이 일하는 기분

"기상청에서 일하세요? 이번 주말에 제가 캠핑을 가는데,
날씨는 어때요?"

나는 취미가 많은 편이다. 그중 꽤 오래 지속했던 독서
토론이나 동호회 같은 것들은 사람을 만나고 싶어서 시작
한 모임들이었다. 그곳에서 내 직업을 밝히면 80~90%
의 사람들이 다음 주쯤의 날씨에 대해 질문을 해온다.
"기상청 예보는 왜 안 맞아요?" 또는 "슈퍼컴퓨터는 얼
마나 빨라요?" 같은 추상적인 질문과는 좀 결이 다른, 구
체적인 답이 필요한 종류다. 날씨 예보에 대한 질문은 어

렵다, 내가 답을 해줄 수도, 해주지 않을 수도 있으니까. 다양한 응용편도 있다. 캠핑에, 낚시에, 결혼식에, 축구 동호회에, 심지어는 산책을 가려는데 어느 시간대가 가장 좋은 시간일지 묻는 사람도 있었다.

문제는 물론 내가 예보관이긴 하지만 쉬는 날까지 일기도 분석을 하거나, 오늘과 내일 강수량에 대해 생각하거나, 이번 주말 구름의 정도가 구름 많음일 것인지 맑음일 것인지를 거의 생각하지 않는다는 데 있다.

일하지 않는 순간에는 일에 대해 깊게 생각하지 말고 회사 직원들에 대해서도 생각하지 말자가 모토인 만큼 쉬는 날에 날씨를 찾아보는 일은 드물다. '어제보다 얼마나 추운가? 혹은 더운가?', '비나 눈이 올 가능성이 있는가?', '바람이 불어서 치마를 입고 나가면 불편하지 않을까?' 정도에 불과하다. 심지어 잘 찾지도 않는다. 야외 활동을 계속할 것이 아니라면 복장은 긴팔이나 반팔에 옵션으로 카디건 정도를 입고, 겨울에는 코트나 패딩을 입어도 실내에 들어가면 벗어버린다. 내 가방 안에는 100g 남짓한 가벼운 간이 우산이 들어 있어 비가 오는 날도 그다지 걱정이 없다. 치마가 날리는 것을 신경 쓸 정도로 불편한 자리라면 날려도 걱정 없는 긴치마나 바지를 입는다.

그들에게는 복장이나 소품이 중요한 것이 아니다. '기상청' 사람이 해준 일기예보를 가지고 확신을 얻고자 하거나 시험해 보는 것에 가깝다.

질문을 하는 사람들의 유형은 두 가지 정도로 나눌 수 있는데 정말 묻고 싶은 질문이 없어서 예의상 질문하는 유형이 하나고, 앞서 이야기한 대로 '기상청' 사람을 평가하고 싶어 하는 사람이 두 번째다. 세상 사람들이 가장 많이 하는 소소한 이야기가 날씨 이야기라고 한다. 누구의 기분도 나쁘지 않게 하는 화제라 더욱 그렇다. 나의 직업에 대한 호감으로 날씨에 대한 질문을 하는 사람들에게는 얼마든지 즐거운 대답이 나간다.

"제가 오늘은 쉬는 날이라 예보를 전혀 모르는데 혹시 일기도를 좀 찾아봐도 될까요? 10분쯤 걸릴 것 같아요."
"저도 기상청 예보를 찾아봤는데 이번 주는 맑다고 되어 있더라고요."

보통 이 정도면 많은 경우 웃고 넘어간다. 아무리 날씨 예보가 흔한 것이라도 '일'로서 그 업을 하는 나에게 배려를 보여주는 이들이 많았다.

"그렇죠, B씨에게는 이게 직업이니 제가 무례했네요."

이렇게 격식을 차린 말이 아니더라도 미안함을 표시하는 사람이 꽤 많았다. 그들은 내게 날씨를 묻기 위해 만난 것이 아니지 않는가.

그런데 내가 기상청에서 예보하는 날씨 이야기를 꺼내면 자신을 성의 없이 대한다고 여기는 사람도 있는 모양이다. 나이가 지긋한 어떤 분께서 꼬치꼬치 물어보기에 대답한 '기상예보관'이라는 직업에 그는 대번에 주말 날씨를 물어왔다.

"아 거, 기상청 홈페이지에 나온 예보는 맞지도 않더만. 그
거 말고 예보관들이 보는 모델, 뭐 그런 거 없나?"

할 말이 없었다. 이분은 대체 기상예보관들과 기상청 홈페이지를 어떻게 생각하고 계신 걸까? 제가 바로 그 기상청 홈페이지에 나오는 예보를 만드는 사람이라고 5분 전에 말을 했는데. 그럴 때 가장 큰 방어는 여러 번 시험해 본 결과 이게 최선이다.

"제가 말씀드려서 일정을 바꾸실 예정이 있으면 말씀드릴
게요."

이 말에는 그렇게 큰소리치던 사람들의 입도 쏙 들어간
다. 많은 사람들이 자신의 일정을 예보와 다르다고 해서
크게 바꾸지는 않는다. 그게 300mm의 집중호우쯤 되면
안전을 위해서 바꾸는 편이 좋지만, 그마저도 본인의 선
택이나 다름없다. 정말로 바꿀 테니 이야기해 보라고 하
는 사람이 몇 명 있기는 했는데, 그렇게까지 나를 신뢰해
준다면 내 감정 여부와 관계없이 성심성의껏 분석을 해드
렸다. 결과? 당연히 기상청 예보와 다르지 않았다.

외부에서 찾을 수 있는 자료는 한정되어 있다. 특히 사
나흘 뒤의 예보라면 간단히 만나는 자리에서 휴대전화를
뒤적여서 찾을 만한 자료는 기상청에서 발행하는 주말
예보 정도밖에 없다. 컴퓨터나 태블릿이 있다면 외부인
을 위한 기상청 분석 시스템에 접속해 볼 수야 있을 것이
다. 한참 자료를 찾아 보여드리고 나서 약하게 억울함이
밀려온다.

그런데, 이렇게 쉬는 날까지 일해야 하는 거야?

날씨는 주식이나 미술사 또는 양자역학 같은 것들과는 달라서 만국 공통으로 이용할 수 있는 대화 주제이긴 하다. 하지만 그렇다 보니 대화의 패턴이 정해져 있는 것이다. '기상청' 사람에 대한 관심이 이렇게 오는 것 같아서 썩 나쁜 기분은 아니지만, 그래도 어쩐지 뒤끝이 찝찝하다. 내가 이야기해 준 예보가 틀리면 기상청 전체가 욕을 먹는 것도 걱정된다. 나라는 사람에 대한 신뢰를 가질 수 없게 만드는 것도 위험 부담이다. '거짓말을 하지는 않지만 믿을 수 없는 사람'이라는 인상을 줄 수도 있다. 개인 적으로야 얼마든지 가능해도 친하지 않은 사람에게 영업 비밀을 밝히는 식당 종업원(그렇다, 나는 사장도 점장도 아닌 일개 종업원일 뿐이다)이 된 기분에 휩싸인다. 혹은 쉬는 날 "너는 디자인 일 하니까 내 명함 좀 만들어 주면 안 되냐?", "넌 식당 하니까 이번 쉬는 날 와서 음식 좀 만들지 않겠니?" 하는 제안을 받은 기분일지도 모른다. 호의로 할 수는 있지만 호의가 계속되면 권리인 줄 아는 것이다. 그 호의의 깊이가 내게는 얕은데 상대에게는 깊을 때가 꽤 있다.

결국 누가 저렇게 물어보면 가장 좋은 말은 이거다.

"제가 말씀드리는 것보다 기상청 발표를 찾아보시는 편이
정확할 거예요. 전 개인이지만 기상청에서는 수십 명이
함께 예보를 내는걸요."

이런 이야기지만 괜히 삐뚤어지는 것 같은 내 마음은
가끔 조금 가시를 담은 말을 내뱉기도 한다. 홈페이지에
서 함께 찾아주는 거야 얼마든지 할 수 있다. 하지만 굳
이? 네이버에 '서울 날씨'만 검색해도 예쁜 아이콘에 확
띄는 디자인으로 정리되어 있고, 휴대전화 애플리케이션
은 영상까지 넣어주는데? 차라리 찾아보고 나서 애매한
상황의 날씨라면 내 의견을 얼마든지 붙여줄 수 있다. 친
한 사람이라면 나서서 해드릴지도 모른다.

그러니 조금만 더 친해진 후에 여쭤봐 주세요.
저의 소중한 쉬는 시간인걸요.

그래서 쟤
기상청 사람이라고 했잖아

'기상청 행사일에는 비가 온다'는 말이 있다. '구라청'과 비슷한 정도로 기상청을 비웃을 때 던지는 격언 같은 말이다.

실제로 그랬을까? 내가 경험한 기상청 행사 중에 의외로 비가 온 날은 그리 많지 않았다. 기상의 날은 보통 3월 말로 날씨가 좋은 편이었다. 주로 날이 좋아 날씨 이슈가 없는 날 위주로 행사를 잡는 편이기 때문이다. 날이 나쁘면 있던 행사도 취소하고 일을 해야 한다. 우리의 일이란 그런 것이기에.

행사에 비 소식을 들으면 직원들의 반응은 두 가지 정

도로 나뉜다. '비라도 와서 행사가 좀 축소되면 좋겠다' 와 '비가 오면 행사 개최에 지장이 있으니 비가 오면 안 된다' 정도다. 하지만 행사가 축소된 일이 그리 많지 않 은 것을 보면 대체로는 날이 좋았던 것 같기도 하다. 최 근 15년간 서울을 기준으로 기상의 날인 3월 23일 날씨 를 보니 네 번 정도 비가 왔다. 그중 두 번은 일요일이라 그날보다 이른 금요일에 행사를 했을 것이고, 그것을 감 안하더라도 비가 온 횟수가 늘어나지는 않았다. 여름 체 육대회는 청마다 날짜가 조금씩 다르지만 비가 강하게 온 다는 소식이 있으면 날을 바꾸곤 했다. 드문 일이었다. 즉 기상의 날만 따져보면 기상청 행사에 비가 온다는 소문은 확률이 낮은 일이라는 사실을 알 수 있다! 최근 있었던 국 정감사에서 한 국회위원이 1994년도 기상청 체육대회에 비가 왔다는 기록을 가지고 등장했다. 그 말인 즉 1994년 행사를 마지막으로 기상청 행사에는 비가 오지 않았다는 이야기도 된다. 다행한 일이다. 내가 열 살도 되기 전에 있었던 일이라서.

일할 때 유독 비와 많이 연관되는 사람들이 있다. 기상 청에는 소위 말하는 '물조'가 있는데, 바로 나 같은 사람들이다. 말라가던 구름도 그 조가 근무를 시작하면 다시 발달하기 시작하고, 방향을 틀던 태풍이 한반도로 진로를 바꾸고, 소나기가 생기고, 기압골이 빠져나가지 않고 정체하는 그런 조다. 물론 12시간 동안 근무를 하기 때문에 어느 조든 나쁜 날씨를 완전히 피해 갈 수는 없다. 예보를 내든 관측을 하든 마무리를 하든(주로 설거지를 한다고 표현한다), 전체 교대 근무자들에게 비라는 기상 현상은 빠트릴 수 없는 것이다. 다만 그중에서도 유독 근무 때마다 비나 눈으로 골머리를 앓는 조가 있다.

나는 그 물조 중에서도 약한 편에 속한다. 어떤 조는 근무에 들어가기만 하면 비가 쏟아지는데, 내 경우는 그 정도로 심하지 않다. 비가 애매하게 예보되어 있을 때 근무를 시작하거나, 한창 비가 내리고 있다가 마무리로 특보 해제나 변경 사항에 대한 재빠른 조치를 취해야 하는 조에 속했던 적이 대부분이다.

다른 직원이 들어오면 오던 비도 마르고, 피해 가고, 에코가 갈라져서 우리 동네를 스치는데 내가 속한 조는 그 정도의 축복은 받지 못했다. 예보가 되어 있든 없든 간에 결국 지방에서 '비'라는 존재는 평소의 몇 배나 많은 민원을 유발한다. 그러니 근무 때 비가 오지 않는 것은 축복일 수밖에 없다. 반면에 물조인 내가 들어가는 근무 때마다 비가 강해지니 농담이긴 해도 스스로 '내가 용의 기운을 타고 난 건가' 하고 생각할 수밖에.

나는 용띠다. 뜬금없는 이야기처럼 느껴질 수도 있지만, 다른 띠처럼 용띠에게도 미신이 있다. 내 또래 친구들 중에는 소위 말해 '비를 몰고 다니는' 사람들이 꽤 있는데, 대부분 용띠인 것과 관련이 있을지도 모른다는 비과학적인 이야기를 하곤 했다. 나와 친한 친구들 세 명이 모일 때 최근 3년간을 기준으로 해도 약 70% 가까이 비가 왔다. 심지어 생각해 보니 2020년에 만난 네 번의 모임 중 세 번이 비와 함께하는 모임이었다. 맙소사. 회사에서도 띠동갑인 사람들을 만날 때, 혹은 그 사람들과 대체 근무를 들어가면 여지없이 안개나 비 같은 날씨가 이어졌다. 그리고 물조라는 영광스러운 타이틀을 달게 되었다.

그랬다. 어릴 때는 '용띠니까 비가 오는 거야' 하고 생각했다. 그런데 그게 기상청 사람이 되고부터 방향이 바뀌기 시작했다. 회사에 들어가고 나서는 내 나이나 띠를 밝힐 일이 그다지 없으니 내가 어딘가에 갔을 때, 또는 간다고 했을 때 비가 오면 대번에 이야기가 나온다. 은근히 비 오는 날에 약속을 잡는 나의 모습과 내가 용띠라는 점, 그리고 내 직업이 짬뽕되어 결국 이런 농담 아닌 농담도 듣게 되었다.

"이야아~ 역시 기상청 사람이 움직이니까 비가 오네!"

그렇게 따지면 나는 초등학교 때부터 기상청에 들어가게 될 운명이었다는 결론이 나온다. 웃음으로 마무리하면서도 뒤끝이 씁쓸하기는 하다. 결국 내가 다니는 곳이 저런 이미지라는 이야기였으니까.

비가 온다고 해서 약속을 취소하지는 않는다. 이유는 다양하다. 쉬는 날이 일정하지 않으니 약속을 바꾸기가 뭐하다. 특히 주말에는 비가 좀 와도 그냥 만난다. 기상청에서 일하게 되면서 큰비가 아니면 크게 신경을 쓰지 않고 약속을 잡는 점도 내가 비를 몰고 다니는 것처럼 보이는 데 한몫할 것이다. 비가 오는 것을 알아도 신경 쓰지 않고 약속을 잡는 사람이 되어버린 것이다. 그때마다 "기상청 사람이라 그런지 행사에 비가 오네" 하는 이야기를 듣는다. 제일 걱정되는 때는 기상청 사람들의 결혼식 때다. 비가 오면 '기상청 다니는 친척이 결혼했는데 비가 오더라'는 이야기가 평생 따라다닌다. 어느 직원의 결혼식 피로연에서 그 이야기를 들은 후 꼭 결혼은 3월에서 5월, 또는 10월에서 11월 초 사이에 날씨를 엄청나게 신경 써서 하기로 결심했다.

의외로 기상청 행사에 비가 온다는 소문이 엄청나게 많이 퍼져 있어서 친한 사람들은 농담 삼아 기상청의 큰 행사 일정을 묻기도 한다. "그날은 피해서 잡겠습니다~" 하고 이야기하는데 오해에 속이 쓰리다. 대놓고 부정하다가 비가 오면 더 비웃음을 당할 테니 힘없는 공무원, 날씨를 100% 맞히지 못하는 예보관은 그저 웃을 뿐이다.

그나마 요즘은 코로나19로 사람들이 많이 모이는 실외 행사가 적어져서 날씨를 묻는 지인이 줄어들었다. 안타까운 일이다. 자주 질문 받는 것이 힘들 때도 있지만 관심의 표현이라 생각하면 또 나쁘지 않기도 한데 말이다.

내년 기상의 날에 비가 오지 않아야 이 글이 신빙성이 있을 텐데, 조금 걱정되는 밤이다.

아, 그리고 언젠가는 있을지도 모를 내 결혼식 날에도.

서리태와 서리

몇 년 전, 입사하고 시골에서 근무할 때의 이야기다. 전남 내륙에 위치한 그곳은 겨울이 빨랐다.

경비원으로 일하고 계시는 분들은 마을 이장님이셨다. 도시에서 온 내게 여러 가지 농사를 가르쳐 주신 분들이기도 했다. 봄이면 상추, 고추, 깨, 파, 오이, 호박 같은 것들을 기상대 앞 공터에 잔뜩 심고 여름 내 점심용 식당에서 식재료로 썼다. 두세 평이나 될까 말까 한 밭이었는데도 10명 남짓한 직원들의 식재료로는 충분했다. 파나 마늘처럼 자주 쓰이는 식재료는 식비를 걷어서 사야 했지만, 상추나 깻잎은 넘치도록 있었다. 이른 여름에는 호박

잎을 쪄서 먹고 가을에는 여린 무청을 솎아 고추장에 비벼 먹었다. 참기름도 듬뿍 넣어서.

콩도 꼭 심는 작물 중 하나였다. 한 뼘만 틈이 있어도 농작물을 심는 우리나라 농민은 밭가와 논가에 두렁을 좁다랗게 만들어 콩을 심고는 한다. 메주를 만들 백태일 때도 있고 두툼하게 콩팥을 닮은 강낭콩일 때도 있다. 어떤 사람들은 팥도 심고 여름 농사로는 완두콩을 심었다. 우리 밭 옆에 심긴 것들은 모두 검정콩이었다. 서리태라고 부르는 까맣고 작은 콩. 어디서나 잘 자라서 먹을 것이 부족했던 때에는 구황작물 역할을 톡톡히 했다고 한다.

직원들의 손길 아래 올망졸망 모여서 자라나던 콩 모종들은 하루하루가 다르게 푸른 이파리를 늘려나갔다. 여름이면 보랏빛 난초를 닮은 서리태 꽃이 알알이 달렸다. 새벽같이 출근하다가 이른 햇살에 살짝 열린 꽃들을 자세히 본 도시 여자애는 몇 없을 것이다.

볼 수 있는 시간은 어찌나 짧은지 휴일을 한 번 지나고 오면 꽃이 맺혔다가 두 번 지나고 오면 꽃과 작별하는 시간이었다. 가지마다 조롱조롱 맺힌 꽃들이 지고 나면 그 자리에 신기하게도 콩깍지가 생기기 시작한다. 햇볕과 비를 담뿍 맞고 밭 주변에서 들풀처럼 자랐지만, 초보 농사꾼들은 불쑥불쑥 오르는 잡초도 뽑고 가끔 지지대도 세워주었다. 그리고 추석이 지나고 나면 서서히 콩깍지가 마르기 시작하는 계절이 온다. 아침저녁으로 소슬바람에 카디건을 챙기는 시기다.

"B주임, 서리 언제 내리는가?"

처음으로 1년간 농사의 흐름을 눈으로 보던 해, 경비원 선생님께서 내게 슬쩍 물어오셨다. 서리? 서리야 날이 추워지면 언제나 생기는 현상이다. 근처 농장들의 단감도 다 수확한 마당에 서리는 왜 여쭤보시는 걸까.

"한 사나흘 후면 시작될 거 같은데요? 뭐 안 거둔 거 있으세요?"

농촌의 일손은 늘 부족하다. 어릴 때부터 시골 할머니 댁에서 고추를 따던 가락으로 슬쩍슬쩍 일손을 돕곤 했는데, 그마저도 교대 근무를 들어간 다음부터는 직원들 부담 주기 싫다며 다들 거절하셨다. 혹시나 급하게 수확해야 할 것들이 있으면 도와드리려 운을 떼웠다.

"아, 콩 거둬야제!"

"콩이오?"

"그래, 검은콩!"

서리태는 내가 어릴 적부터 꼭 먹는 콩이었다. 나는 콩을 좋아하는 아이였고, 급식 시간에도 다른 애들이 싫어하는 콩을 다 받아 오곤 했다. 검은콩 조림은 최애 반찬 중 하나다. 지금도 내가 하는 밥에는 콩이 꼭 들어간다. 그래서 콩 타작은 내 인생의 이벤트였다. 잔뜩 알알이 열리는 콩이라니! 아직 다 여물지 않았다는 말을 몇 번이나 들었던 나는 그날부터 서리태 수확 날만을 기다렸다.

누렇게 말라가는 콩대들을 보면서 입맛만 다시기를 수일. 보름쯤 지나서는 그 콩대의 수확을 거의 잊고 있던 참이었다. 추석 연휴 이후로 워크숍이니 출장이니 행사가 많았고, 휴일마다 고향과 다른 지역을 쏘다니기 바빴다. 거기에 해가 짧아지고 추수를 마친 시골길은 스산하기도 했다. 서리태는 10월 중순이 지나면 콩잎이 축 늘어져서 떨어져 버린다. 꼭 제초제에 말라버린 잡초 같은 모습이긴 했다. 주변의 논도 다 바닥을 드러내고 있으니 더욱 그랬다. 하지만 그렇다, 콩 수확이 남아 있었다!

"서리태 말씀하시는 거죠? 근데 그게 서리랑 무슨 상관이
에요?"

정말 저렇게 질문을 하고서 3초 만에 내 눈치 없음을
탓했다. 백태, 적태가 있는데 서리태의 태가 콩이라면 서
리는 당연히 기상 현상의 서리겠지! 이장님의 눈초리는
나보다 빨라서 1초 만에 도시 아이를 보는 눈이 되셨다.
연배로 봐도 나는 그분들의 손녀뻘 되는 나이였으니 그럴
법도 했다. 그동안 제법 농사일 아는 티를 냈는데 얕은 지
식이 드러나 버린 것이다.

"서리태가 왜 서리태여? 서리가 내린 후에 수확하니까 서
리태인 거여~!"

얼른 지역의 평년 통계자료를 살피면서 베테랑 농사꾼
의 콩 이야기를 듣기 시작했다. 흔히 약콩이라고 말하는
쥐눈이콩과 서리태가 다르다는 것. 예전 이 동네에서는
늦게 수확하는 콩들(흰콩, 붉은 콩, 얼룩 콩 같은) 모두를 서
리태라고 했는데 지금은 겉은 검정, 속은 연초록색이 나
는 콩만을 서리태로 부른다는 것. 콩대를 베고 나서 말려

두면 김장을 담글 때 먹는 수육 삶는 아궁이 불쏘시개로 좋다는 것. 올해는 작황이 좋아 콩 값도 내려갈 것 같다는 것. 모두 내게는 TV의 〈6시 내 고향〉 같은 프로그램에서 나 들을 법한 이야기들이었다. 시골에서 여름방학과 겨울 방학을 보내긴 했어도 어린이에게 그런 자세한 이야기를 해주진 않으니 '현직 농사꾼'에게 직접 듣는 이야기는 처음인 셈이었다.

그해 가을은 참 풍성했다. 농작물들이 모두 풍작이었다. 무엇보다 내가 말씀드린 날 즈음으로 서리가 잘 내렸고, 나는 겨우 가슴을 쓸어내렸다. 서리가 내린 후 날이 완연히 추워지고 콩대들도 바짝바짝 말라갔다. 콩 타작은 넓은 기상대 주차장에서 이루어졌다.

찹찹찹, 따닥따닥따닥 소리가 났다. 넓은 방수포를 깔아두고 콩 타작을 하며 한 알이라도 새어 나갈세라 이리저리 콩을 주워대는 나를 본 직원들은 욕심이 많다며 웃었다. 나로서는 억울한 일이었다. 1년 농사를 한 치도 놓치고 싶지 않았기 때문이다. 그렇게 골을 내니 모두 더 크게 웃으며 주운 콩은 내 몫이라고 말씀해 주셨다. 주운 콩만 두 손 안에 가득 찰 정도였다. 내가 채 다 줍지 못한 콩은 근처 새들의 간식이 되었다. 경비원 선생님들의 말씀대로 콩대는 잘 말려두었다가 기상대의 연례행사인 김장하는 날에 삼겹살을 굽는 데 사용했다. 아궁이가 아닌 그릴이었기 때문에 수육 대신 삼겹살이었다. 서리태는 풍작이라 기상대 사람들은 1년 동안 검은콩이 들어간 밥을 원 없이 먹었고, 가끔 콩조림도 상에 올라오곤 했다.

큰 기관에서 큰 단위의 예보를 내는 것보다, 가끔 작은 기관에서 그 지역의 예보를 내는 일에서 더 보람을 느끼는 경우가 생긴다. 내가 내는 예보가 지역 사람들에게 어떤 영향을 미치는지 직접적으로 알게 되면 더욱 책임감을 느낀다. 거기에 지역에 있으면서 사계절의 하늘과 공기를 하루하루 느끼니 컴퓨터와 위성, 레이더, 자동관측시스템이 알려주는 정보보다 더 많은 것들을 직감적으로 느끼게 되는 이점도 있다.

서리태와 서리의 관계를 알게 되고 그에 대한 정보를 제공하는 것처럼, 공무원들에게서 입이 닳도록 나오는 '지역 맞춤형 서비스'는 이런 데서부터 나오는 게 아닐까 하는 날들. 도시 여자애의 뿌듯한 가을날. 그런 날이 있었다.

어느 야근 날

출근하자마자 분위기가 심상치 않다. 사실 분위기는 출근 전부터 좋지 않았다. 온갖 뉴스에서 올해 몇 번째 오보 연속 기상청, 같은 단어들이 떠돈다. 비 예보가 틀렸다. 마침 지역도 서울이었다.

신랄한 비판을 듣는다. 3대 공영방송은 물론이거니와 뉴스 전문 채널에 종편에 온갖 방송들이 날씨에 대해 이야기했다. 시민들의 인터뷰를 볼 때는 더 마음이 아프다. 이후에는 예보가 적중하지 못한 원인을 설명하는 예보관님의 인터뷰가 이어진다. 실시간 댓글은 그런 예보관님에게 "나가라", "죽어라" 같은 비난을 계속했다. 눈살을 찌

푸리며 창을 닫았다.

 무거운 마음을 안고 하루를 시작한다. 해가 짧아졌다. 일근 팀은 이제 해 뜨기 전에 출근해서 해가 진 후 퇴근한다. 밤하늘에는 별이 총총하다. 다행히 맑은 하늘이다. 밤에 마시는 커피가 좋지 않다는 것은 알지만, 내 하루는 이제 시작이다.

 밤 10시쯤, 초단기 예보 토의가 열린다. 가을이 오려고 하는지 비 예보에 대한 회의는 가볍게 끝났다. 초단기 예보는 고작 6시간 앞. 기상청에서 실시간으로 쓸 수 있는 모든 자료가 눈앞을 스쳐 지나간다. 초단기 예보는 모델 예보다. 내가 할 수 있는 일은 적다. 모델과 다르면 얼른 정보를 글로 풀어 쓰는 수밖에. 민원 전화가 쉬지 않는다. 일일이 사정을 설명하는 입이 마른다.

 꾸역꾸역 밀어 넣듯 일기도를 머릿속에 집어넣었다. 지금 봐두어야 새벽녘 몽롱한 정신으로도 문의를 받았을 때 오늘의 기상 상황이 나올 수 있다. 12시. 새로운 예측 자료들이 나오기 시작했다. 세계표준시각인 UTC를 기준으로 3시(한국 시간으로는 12시)부터 하루에 네 번 나오는 편집 일기도를 뽑는다. 아주 예전에 하던 방식이지만 이것만큼 한반도 주위의 기압계를 잘 표현하는 자료도 많지 않다. 겨울이 다가온다. 제트류가 우리나라 쪽으로 내려온다. 일기도를 받자마자 눈여겨봐야 하는 부분을 표시한다. 컴퓨터 화면으로 볼 때보다 안정적이라 예보관들은 자신이 가장 많이 사용하는 일기도나 예상도를 늘 책상 위에 뽑아둔다.

부쩍 날씨가 추워졌다. 1시쯤이 되면 졸리기 시작한다. 낮에 충분히 자고 왔다고 생각했는데 몸은 얼른 자라고 신호를 보낸다. 초콜릿이나 커피로 각성 효과를 일으키려 하지만, 몰려오는 잠을 이기기는 쉽지 않다. 밤의 건물을 나가는 것은 무서워도 잠을 깨기 위해 건물 밖을 한 바퀴 돌고 와야 할 때다. 새소리도 들리지 않는 깊은 밤이다. 풀숲에서 가을벌레들이 울어대다가 다가가니 소리를 사르륵 멈춘다. 뒤돌아본 곳에는 내가 일하는 건물이 있다. 예보실에만 불이 켜져 있다.

2시 예보 토의에서는 지방과 본부의 기싸움이 이어졌다. 지방의 특성을 우선시하느냐, 종관 기압계를 우선시하느냐. 어물쩍 넘어가는 일은 허용되지 않는다. 이전 예보가 틀려 더욱 예민했다. 적어도 자신의 논리로 남을 설득시킬 능력이 있을 때 예보관의 주장이 먹혀 들어간다.

야간 근무의 부담이 적어졌다고는 하지만 결국 해야 하는 일은 같다. 가장 중요한 5시 예보가 나가고 나면 그때부터는 맥이 좀 풀린다. 아직 직급이 높지 않아 내가 집중해야 하는 업무는 지금부터가 시작이다. 아침을 준비하는 사람들을 위해 자료를 보내고, 점검하고, 인수인계를 준비한다.

기상청도 늘 새로운 것들을 만들어 낸다. 상대적으로 젊은 직원이라 그런 일들을 맡아 하는 것이 내 몫이다. 새로운 것을 유연하게 받아들여야 하는데, 나도 꼰대가 되어가는지 쉽지가 않다. 예전 것이 편하다. 꾸벅꾸벅 졸면서도 전화를 받고 지렁이 글씨를 쓰면서도 키보드는 오타 없이 두들긴다. 해 뜨는 시간이 늦어질수록 괜히 더 긴 야근을 하는 기분이 든다.

얼른 퇴근하고 싶다.

살기 위해 운동하는 이야기

눈앞이 번쩍거렸다. 자리에서 일어나 파티션을 부여잡았다. 귓가에 사이렌 같은 이명이 울린다. 조용히 숫자를 센다. 하나, 둘, 셋, 넷……. 조금 움직이려 하면 멀미를 하듯 몸이 아래로 쑥 꺼지는 느낌이 들어서 쓰러지지 않도록 책상에 기댔다. 손발이 차가워진다. 뒷골로 싸한 기운이 지나가고 식은땀이 흐른다. 숨이 가쁘다.

새벽 4시. 주변은 시끌시끌, 사람들이 영상으로 회의하는 소리가 가득하다. 와, 또 왔다. 그리 낯설지 않은 일이었다. 기립저혈압이라고 하기에 자주 일어나는 일은 아니지만, 컨디션이 좋지 않은 날에 밤 근무를 하면 가끔 나는 자리에서 일어서지 못한다. 그대로 가만히 자리에 앉아 조용히 숨 쉬는 것에 집중한다. 안색이 하얗게 질리고 손발이 곱는 것을 느끼면서 담요를 두르고 가만히 의자에 기댄다. 정말 필요한 일 외에는 하지 않으면서 에너지를 보충한다.

밤은 몸이 쉬는 시간이다. 야간 아르바이트를 거쳐 야간 근무를 하는 직업을 가져보니 확실히 느껴진다. 낮에 쉬는 것은 잠을 쫓는 데는 도움이 될지 모르지만 몸은 결국 밤에도 쉬려고 한다. 그런데 무리해서 움직이면 '안 돼! 나 지금 쉬는 시간이야!' 하고 파업을 선언해 버리는 것이다. 그럴 때 정신을 차리려고 커피라도 마셨다가는 하루 종일 멀미를 하듯 울렁거리는 고통을 겪을 수 있다.

그런 현상은 체력이 나쁠 때면 더욱 두드러지게 나타난다. 정신과 몸의 괴리가 그럴 때 생기는 것 같다. 몸은 피곤한데 정신이 깨어 있거나, 정신은 졸린데 근육 경련처럼 몸이 활동을 원하는 경우가 생긴다. 몸 상태가 조금 나쁘다고 해서 무조건 쉴 수 있는 회사가 아니기에, 회사에서 이런 일이 생기면 진통제나 근육이완제를 한 알이나 반 알 정도 먹는다. 야간 근무거나 약이 싫다면 진정 작용이 있는 허브 티를 마신다. 그나마 운동을 꾸준히 한 이후부터는 이런 일이 줄어들었다. 몸이 적당히 활동을 한 상태에서 야간 근무를 들어오면 몸도, 정신도 약간 피로한 상태가 지속된다. 경험상 신나게 펄펄 나는 느낌으로 출근하는 것보다 약간 차분한 마음 상태로 야간 근무에 임하는 것이 12시간, 많게는 13시간을 버틸 수 있는 요령이다.

나는 가능하면 야간 근무에 들어가서도 음식이나 음료를 먹거나 마시지 않는다. 위장 장애가 올 가능성도 높고, 전체적인 몸의 리듬이 깨질 뿐만 아니라 야식이 습관이 되기 때문이다. 평소에도 저녁을 먹고 나면 늦게 뭘 찾아먹지 않는 성격인 것이 그나마 다행이다. 더불어 위와 장이 밤에는 쉬어줘야 다음 날 소화 활동을 활발히 할 수 있는데, 자극을 주어버리면 평소 먹는 끼니의 소화력이 떨어진다는 조언도 들었다. 간헐적 단식이 그런 원리에서라고 하니 영 신빙성 없는 소리는 아닌 것 같다. 야간 근무를 들어가 가지는 티타임에서 내가 먹거나 마시는 건 아무리 늦어도 10시 이전이다. 배가 고플 때도 있지만 '먹고 싶은' 마음이 들지 않는다. 밤에 먹는 라면의 수많은 부작용을 겪었으니 할 수 있는 생각이다. 새벽에는 가능하면 미지근한 생수로 목을 축이는 정도이고, 배가 고파 과자를 먹고 싶더라도 최소한 새벽 6시까지는 참는다. 배에서 소리가 나도, 졸려도 가능하면 입에 무언가를 넣지 않는다.

운동과 식이요법. 다이어트에 꼭 필요한 습관이기는 한데 건강을 지키는 방법이기도 하다는 것은 요즘에야 깨닫는다. 최근 몇 달간 운동을 제대로 하지 않았더니 평소 일할 때 영 의욕이 생기지 않는 것이다. 그뿐만 아니라 낮 시간을 어영부영 지내고 밤 시간에 근무를 들어오니 하루가 그냥 삭제되는 느낌이었다.

얼마 전부터 운동을 다시 시작했다. 밖에 나가 밀집된 장소를 가는 것은 아직 조금 겁이 나서 집 안 어딘가에 굴러다니던 스텝퍼를 발굴했다. 조금 삐걱거리는 소리가 나도 나쁘지 않았다. 이어폰을 끼고 타이머를 맞춘 후 신나게 스텝을 밟는다. 층간 소음을 최대한 방지하기 위해 매트리스도 깔았다. 실내 자전거를 사려고 남는 용돈도 모으고 있다. 언젠가 빨래걸이가 될지도 모르지만, 운동을 하고 싶을 때 하지 못하는 것보다는 낫다. 아침에 일어나서는 침대 위에서 스트레칭을 하며 하루를 시작한다.

몸이 썩 건강한 편은 아니다. 20년 넘게 과체중으로 살아왔고, 그 이후에는 저체중이 되었다가 내 몸에 맞는 체중을 찾은 건 불과 2~3년 전이다. '미용 체중'에 해당하는 체지방률로 견뎌 보니 온몸에 멍이 들고 호르몬 불균형도 찾아왔다. 오랫동안 나는 내 몸을 너무 모르고 살았다. 회사를 다니다 보면 '이러다 딱 쓰러지겠구나' 하는 순간이 있다. 가능하면 그런 순간이 늦게 오는 것이 좋을 것 같아서 나는 운동을 한다.

운동 방법에 대한 다양한 정보가 여기저기 떠돌고 있지만 내게 맞는 운동은 그리 많지 않았다. 얕게 이 운동 저 운동을 집적거린 결과, 내가 생각하는 운동 요령이 몇 가지 있다. 첫째, 가능한 한 운동은 오후, 또는 저녁에 할 것. 둘째, 너무 과격한 흔들림이 있는 운동은 하지 않을 것. 셋째, 운동하기 전에 카페인 섭취는 자제할 것. 넷째, 최소한 30분 이상은 운동할 것. 다섯째, 하기 싫은 바로 그때 시작할 것.

저녁에 운동을 하는 이유는 새벽에 하니 낮에 조는 일이 생겨서였다. 거기에 아침은 아직 몸이 다 깨어나지 않은 상태라 높은 강도의 운동을 하다가는 근육이나 인대

손상을 입을 가능성이 컸다. 격하게 뛰는 달리기나 크로스핏은 멀미가 나서 포기했다. 카페인 섭취를 제한하는 이유는 카페인의 각성 효과 때문이다. 평소보다 같은 강도의 운동이 더 힘들어지는데, 내게는 그것을 넘어 속을 불편하게 만든다. 네 번째와 다섯 번째는 누구나 알고 있는 '운동 효과'에 대한 것이라 따로 설명하지 않겠다.

자신만의 약속을 만들어서 무리하지 않는 선에서 체력을 유지하다가, 여유가 생기는 날에는 스쾃 한 세트를 더 한다거나 러닝머신 10분을 더 뛰어서 숨차게 하는 고강도 운동을 해주면 좋다. 그렇게 운동을 하다 보면 '진짜 오늘은 운동 좀 되는데?' 하는 생각이 들 때도 있다. 일단 뭐든 좋다. 하루 종일 앉아서 일하면 몸이 의자 모양으로 굳어버릴지도 모르는 것이 가장 큰 고민이니, 지금 당장 팔굽혀 펴기나 스쾃이라도 한 세트 하는 게 더 몸을 생각하는 일이다.

운동은 좋아하지 않아도 바깥을 돌아다니는 것을 좋아하는 나는 서울 삼성역부터 신림역까지 종종 걷곤 했다. 코엑스도 지나고 예술의 전당도 지나 입구가 보이지 않는 서울대입구역을 거쳐야 신림역이 나온다. 그렇게 걸으면 서너 시간 남짓. 걸음으로는 2만 보 정도. 가끔 산을 가고 여행에서는 10km 이상 걸으니 운동을 대신할 수 있다.
이 모든 것이 평소에 체력을 갖추어 놓지 않으면 힘들다.
몸짓이 격렬하고 화려한 운동이 아니더라도 꾸준히 하는
것이 중요한 것임을 그럴 때마다 깨닫는다.

　운동을 작심삼일로 끝내는 사람들이 많다. 나의 작심은
다행히 삼일보다는 조금 더 길어서 운동기구를 사기가 부
담스럽지는 않다. 체육관을 갈 수 있는 환경이라면 좋겠
지만 그렇지 않다는 것을 알기에 나는 결국 대안을 찾을
것이다.

내 생애 첫 순댓국

경상도 사람이라면 참 땅을 치고 화를 낼 만한 이야기다. 입사를 하기 전까지 나의 삶에 있어서 밖에서 사 먹는 '국밥'이란 맑은 콩나물국밥이나 돼지국밥이 다였다. 내가 졸업한 고등학교 주위에는 버스 차고지와 택시 대기소가 함께 있다. 당연히 주변에는 주문하자마자 커다란 가마솥에서 국물을 퍼 담아 3분 만에 음식이 나오는 국밥집이 많았고, 그중 절반 정도는 돼지국밥 가게였다. 모든 가게가 학생 고객을 유치하겠다는 마음으로 학교 교복을 입고 가면 당시 5000원 정도 하던 국밥 가격을 3000원인지 4000원인지로 할인해 주었다. 그나마도 학생들에게는 꽤 부담스러운 가격이기는 했지만, 무한 리필 못지않게 나오는 부추와 소면은 아무리 먹어도 허기진 아이들에게 잠시나마 행복한 시간을 주곤 했다.

대학에 가서도 별반 다르지 않았다. 달에 서너 번은 먹는 익숙한 돼지국밥을 두고 다른 국밥을 굳이 찾을 필요도 느끼지 못했다. 그래서 대학을 졸업할 때까지 내게 '국밥'이란 곧 '돼지국밥'을 의미하는 것이었다. 운수가 좋은 김 첨지가 먹었던 설렁탕도 낯설고, 선짓국이란 드라마에서나 나오는 존재였다. 먹어본 적이 없지는 않지만 '국밥'이라는 어감이 주는 정겨움과는 조금 거리가 있기도 했다. 해장국은 해장할 때 먹는 국이지 따로 이름이 있는 종류의 음식은 아니라고 생각했다. 요는, 내게 '국밥'의 세계란 굉장히 한정적이었다는 것이다.

요즘에는 '국밥충'이라는 말까지 등장하면서 한국인의 국밥 사랑이 주목받고 있다. 추운 겨울에 특히 그 진가를 발휘한다. 더 들어가자면 추운 겨울에 밤샘 근무를 하고 나오는 야간 근무자들에게 국밥집에서 흘러나오는 냄새와 흰 연기는 정말 홀린 듯 가게로 흘러들게 만드는 마법 같은 효과를 발휘한다. 그 집이 서울 내에서도 둘째가라면 서러울 정도로 유명한 국밥집이라면야.

이 국밥집은 내게 국밥에 신기한 재료가 들어간다는 것을 알게 해준 첫 국밥집이다. 듣지도 보지도 못해서 재료를 가리키며 국밥을 잘 아는 동기들에게 어떤 내장인지를 묻기도 했다. 별로 가리는 것 없이 잘 먹기는 하지만, 부모님께서는 누린내가 나는 고기의 내장 종류를 그리 좋아하시지 않는다. 가족과 내장국밥을 먹으러 가는 일이 없었으니 내가 접해볼 수 있었을 리 만무하다. 입사하고 신규자 교육을 받던 초봄에 그 유명하다는 국밥집에 첫발을 내디뎠다. 이름은 '순댓국'. 순댓국은 순대만 들어가는 줄 알았는데 정작 나온 것은 정체불명의 무언가가 잔뜩 들어간, 심지어 색깔도 내가 아는 뽀얗고 맑은 색이 아닌 미묘하게 탁하고 그러데이션이 있는 국밥이었다. 이곳의 순대는 피순대. 선지 조각이 조금씩 떨어져 나와 그런 색을 만들었을 것이다. 선뜻 손이 가지 않았다.

하지만 나는 음식에 관해서라면 한없이 도전 의식이 높은 사람이다. 태평양 건너 먼 나라에서 처음 먹어본 고수 맛에 중독되고, 홈스테이 호스트가 만들어 준 고기 내장 요리를 아무 생각 없이 맛있게 먹었으며(같은 집에서 홈스테이하던 한국인 오빠는 손도 대지 않았다), 아르바이트하던 호텔에서 인도인 사장님이 직접 만든 쿰쿰한 냄새가 나는 전통 마살라 커리를 저들도 먹으니 나도 괜찮겠지 하며 싹싹 밥에 비벼 먹었던 겁 없는 한국인이기도 하다. 순댓국이라고 다를 리 없다.

세상 모든 음식은 태어난 의미가 있고, 한 번석은 맛볼 가치가 있다는 생각에 양념을 넣지 않은 국물을 우선 후후 불어 입에 넣었다. 생각보다 나쁘지 않았다. 돼지국밥에 비해서 조금 고기 누린 향이 나긴 했지만, 내장 특유의 냄새라 음식 자체의 향으로 생각할 수 있을 만한 정도였다. 조심조심 맛있게 먹고 있는데 경상도 사람들 사이에서 '돼지국밥'에 대한 이야기가 나왔다. 옆의 동창이 슬금슬금 이야기 흐름에 올라탔다.

"야, 이거보다 돼지국밥이 더 맛있는 거 같제?"
"그러게. 나도 쫌 그런 거 같네. 나름 괜찮은 거 같긴 한데 건더기가 너무 많다. 부추랑 소면도 안 주고."
"맞다, 맞다! 아, 돼지국밥 먹고 싶다."

그렇게 고향 생각을 하고 있을 즈음해서 수도권이 고향인 동기들이 말을 얹는다. 한창 부산이 원조니, 밀양이 원조니, 마산이 원조니 하고 있는데 뒷자리에서 스쳐 지나 가듯 이런 이야기가 들렸다. 우리 이야기를 듣던 다른 테 이블의 나이 지긋한 여사님들이었다.

"어머, 나는 돼지국밥 비려서 못 먹겠던데~! 언니는?"
"그러게! 어휴, 이 맛있는 순댓국 맛도 모르다니. 촌사람은 하여간."

순간 시끄럽게 떠들던 우리 테이블에 싸하게 정적이 내 려앉았다. 한순간이었다. 귀를 의심하고는 금방 이야기를 이어나갔다. 하지만 '촌사람'이라는 그 단어가 어쩌나 머 리에 박혀서 사라지지 않던지. 음식에는 죄가 없기에 순 대국밥은 맛있게 그릇을 비웠지만, 그 테이블의 여사님들 은 슬쩍 우리 테이블을 바라보고는 나가버렸다. 처음으로 받은 차별이었다.

그 사실을 오래도록 기억하고 있는 이유는 처음 먹는 순댓국 맛에 빠져들기도 전에 내 안에서 그 음식이 '서울 사람들이 유세 부리는 음식'으로 각인되었기 때문이다. 서울에서만 먹는 음식도 아닐 텐데. 나는 그 후로도 순댓 국을 그리 좋아할 수 없었다. 돼지국밥이 비리다는 이야기도 납득하기 힘들었다. 어떻게 국밥에 고기와 기껏해야 찰순대가 들어간 돼지국밥이 각종 내장이 들어간 순대국밥보다 더 비리단 말인가? 순대국밥은 고기 냄새를 잡기 위해서 들깨가루에 양념을 얹어 먹는 것이 기본인데, 돼지국밥은 빨간 양념과 부추무침 정도로 승부를 하는 나름대로 고급 국밥이란 말이다!

이런 생각들을 바로 떠올렸으면 좋았을 것이다. 돼지국밥 예찬이 되어버린 내 생각은 그 후로 이곳에서 국밥을 주문하기만 하면 떠오르곤 했다. 아마 지금 내가 그런 소리를 들었다면 나가면서 흘리듯 비꼬아서 맞받아쳐 주었을 텐데, 그때의 나는 아직 20대 초반에 사회 초년생이라는 딱지를 채 달지도 못한 풋내기였다. 이상한 사람이라고 황당해하며 돌아서던 일이 아직도 눈앞에 선하다.

그렇게 순댓국 한 그릇에 지역 차별을 경험한 신규 직원들은 어느새 전국을 돌며 내장이 들어간 해장국, 선짓국, 지역별로 특징이 있는 순댓국에 다슬기해장국과 굴국밥까지 섭렵한 국밥 마스터가 되었다. 이제는 더 이상 그런 의미 모를 빈정거림에 상처 받지도 않는다. 어떤 국밥이든 맛있게 먹을 수 있으면 그만이라는 것을 알고 있으니까. 수없이 걸려 오는 민원 전화와 벼락같이 혼나는 예보 토의라는 일상 속에서 뜨거운 속을 눌러줄 국물이 필요하다는 것을 알고 있으니까.

내 안에서 순댓국과 돼지국밥의 배틀을 일으켰던 그 국밥집은 기상청뿐만 아니라 인근 회사의 직원들이 자주 찾는다. 야근하고 난 후 아침 일찍 먹는 국밥의 만족감을 모르는 예보관은 없을 것이고, 유명한 맛집이기도 하기 때문이다. 다행히 아직까지 내가 처음 먹었을 때와 맛이 달라지지는 않았다. 채소와 선지로 만들어진 소가 꽉 찬 순대와 내장이 조금만 들어간 국밥을 먹노라면 밤새도록 허했던 마음도 뚝배기 안의 국물처럼 찰랑찰랑 만족감이 차오른다.

결국 나도 국밥에 진심일 수밖에 없는 사람이었다.

선생님이 될 수 있을 뻔했어

부모님 중 한 사람이라도 교사가 있다면 그들의 아이는 한 번쯤 교사를 꿈꾼 적이 있지 않을까. 마치 가업처럼. 내게도 그럴 때가 있었지만 학교를 들어가고 나서부터는 늘 반대였다. 방학 때 한 달 남짓 집에 계신 것을 제외하고는 도무지 교사라는 직업의 장점이 보이지 않았다. 교사라는 직업이 힘든 것을 일찍 깨달았다. 끊임없이 갈등하고, 집에서도 일을 해야 하는 직업이라고 생각했다. 나는 자식들에게 부모가 교사라서 나쁜 점을 물려주고 싶지 않았기에 사범대와 교대는 꿈도 꾸지 않았다. 내가 다니는 학교에 행사가 있는 시기에는 다른 학교에도 행사가 있었다. 쉬는 날도 쉽게 가질 수 없었다. 부모님이 교사라서 좋겠다는 사람들의 말에 나는 다른 집과 똑같다는 이야기밖에 할 수 없었다. 도무지 '더 나은 점'을 찾을 수 없었기 때문이다.

그렇게 마음의 거리가 먼 직업이었다. 그러나 대학에 들어가서 진로를 생각하며 결국 보고 자란 것을 무시할 수는 없음을 깨달았다. 언제나 내게 가장 접근하기 쉬운 직업 중 하나가 교사였던 것이다. '교직 이수'라는 제도는 부모님에 대한 존경의 의미로 선택한 과정이기도 했다. 나를 키운 분들이 어떤 교육을 거쳐 교사가 되었는지 알고 싶었다. 그것이 적성에 맞는다면 새로운 진로로 생각해 볼 마음도 있었다.

내가 전공한 교과목은 지구과학. 공석이 많이 나지 않는 직군이다. 학생들과 소통하며 지구과학을 가르치는 일은 적성에 맞는 것처럼 느껴졌지만, 돌이켜 생각해 보면 교생 실습은 꽤 험난했다. 사립학교였던 그곳에서 사고가 일어나 며칠 동안 학교 안팎이 떠들썩했던 것이다. 현실의 학교를 보고 난 후, 나는 작은 기대를 조용히 접었다. 부모님이 특히 아쉬우셨을 것이다. 어영부영 자격증만 가지고 있기를 10년. 그렇게 장롱 속 자격증이자 부모님에 대한 예의 정도가 될 것이라 생각했다. 그런데 10년이 지나서 보니, 내가 걸어온 길에는 늘 누군가를 가르치는 직업에 대한 열망이 있었다.

기상청에서 예보관이 되면 그런 일과는 완전히 멀어지게 될 줄 알았다. 공무원은 가르치는 일과는 관계가 없고 예보관은 하늘을 바라보는 일이니 더더욱 그렇지 않을까 생각했다. 세상의 많은 일들을 한 부분만 보고 단정하는 일이 좋지 않듯이, 기상청의 업무 중 빙산의 일각만을 본 내 편견이었다.

예보관으로서 조금씩 경력을 쌓아가며 깨닫게 된 사실이 있다. 공무원들도 연간 이수해야 하는 교육 시간이 있고, 대부분은 인터넷 강의를 통해 이루어지지만 또 어떤 부분은 사내 강사나 외부 강사들을 통해서 이루어지곤 한다. 신규 직원들이 왔을 때 교육을 하는 것도 선배들의 몫이다. 내가 신규자 교육을 받았을 때도 많은 선배님들이 현장에서 직접 찾아와 강의를 해주시고는 했다. 사내 강사로 활동하는 것뿐만 아니라, 기상청 공무원으로서 외부에 강의를 나가는 일도 종종 있다. 초등학교나 중학교를 방문해서 날씨에 관한 교육을 하는 프로그램도 있다. 교육을 받고 몇년 뒤 교육 받은 사람들이 입사하기도 한다. 회사에는 결국 수많은 교육자와 수강생이 모여 있는 셈이다.

누군가에게 나의 지식을 알려주는 일은 오히려 지식을 오롯이 세우는 데 도움이 된다. 상대에게 어떤 것을 알려주려면 자기 자신부터 아주 사소한 부분까지 이해하고 있어야 한다. 그리고 그 이해하고 있는 것을 논리적이고 쉬운 말로 상대에게 설명할 수 있는 화술도 필요하다. 무엇보다 말을 할 때 상대를 무시하는 것이 아니라, 충분히 공감하고 교감하려는 태도가 필요하다. '네가 이것을 모르니 나에게 배워야 해'라는 모습과 '함께 일할 당신에게 내 지식을 나누어 줄게요'라는 모습은 말투와 눈빛에서 분명히 차이가 난다.

어쩌다 보니 부서에 오는 새로운 직원들에게 예보나 관측에 대한 과정을 알려주는 신규 직원 교육을 벌써 3년째 하고 있다. 내 업무 분장에 박혀 있는 일도 아니고 다른 직원들보다 내가 업무를 더 잘하지도 않지만, 횡설수설 두서없던 첫 교육보다는 훨씬 자연스러운 흐름으로 강의를 진행한다. 여러 번 교육을 해보니 나름의 노하우도 생기고, 시간 배분을 하는 여유로움도 생겼다.

예보 업무에 정답이란 없다. 모범 답안은 있을지도 모르지만 그것이 정답이라고 할 수는 없다. 그러니 알려주는 사람 입장에서도 알려주는 부분이 100% 정확한 정보가 아니라는 현실을 아는 것이 중요하다. 사람이 하는 일에는 언제나 오류가 발생하기 마련이고 기계도 마찬가지라는 것을 여러 번 강조한다. 예보관으로서 본인이 분석하는 대기 상태에 대해 시야를 넓게 가지고 필요한 경우 단호한 결정을 내리는 연습이 필요하다. 하지만 나 자신도 그런 점에 대해서는 자신이 없고, 본인의 노력과 경험으로 극복해야 하는 문제이기 때문에 예보관들을 위한 교육은 늘 현장 실습과 함께 이루어진다. 하루하루 다른 날씨 상황. 그날뿐만이 아니라 전날의 기록을 분석해야 앞으로 벌어질 일을 예측할 수 있는 작업들. 그런 것을 알려주는 일이 사내 강사로서 할 일일지도 모른다.

어떤 사람은 그런 불확실성 때문에 예보관의 업무가 너무 힘들다고 이야기한다. 반면에 다른 사람은 정답이 없기 때문에 지속적으로 연구하고 나의 삶을 지구에 맞추는 일이 매력적이라고 이야기하기도 한다. 길면 4시간, 짧으면 2시간 정도를 교육하는 초보 강사로서는 짧은 시간 안에 몇십 페이지에 달하는 규정과 각종 노하우들을 알려줘야 하는데, 그렇게 하자면 힘든 부분만을 말하게 된다. 하지만 그렇게 함께 고민하다 보면 강의를 받는 사람도, 하는 사람도 예보관으로서의 마음 자세가 쑥쑥 커간다.

선생님이 될 수 있을 뻔했다. 도전해 보지 않은 길이라 아쉬움이 남은 채로 가고자 했던 길을 우직하게 가고 있다. 가끔 미련도 있었다. 하지만 지금은 이 직업을 선택하기를 잘했다고 생각한다. 교사만이 다른 이에게 지식을 나누어 주는 일을 할 수 있는 것은 아니니까. 언젠가는 자신의 일도 야무지게 이루어 내고 사내 강사로 맹활약하고 싶다는 목표가 생겼다.

신입 직원 N씨, 파이팅!

공무원이 되었다고 하면 주위에서는 보통 철밥통이라고 말한다. 그래서 공무원들은 전혀 이직을 하지 않을 것 같지만, 절대 그렇지 않다. 오히려 변화가 더디고 사회 이슈에 따라 정책이 자주 바뀌기 때문에 자아실현의 기회가 적어서, 퇴직과 휴직을 신청하는 사람들을 심심찮게 목격한다. 기상청은 그런 경향이 더 강하다. 지역을 자주 옮겨야 하고 교대 근무는 몸이 축나니, 월급만 따박따박 나올 뿐 안정적이지 못하다고 생각하는 직원도 꽤 있다. 최근에는 '자기 계발 휴직'이나 '학업 휴직' 등을 적절하게 이용해 자신이 원하는 것들을 배우는 이도 있다. 해보고 안 되면 공직으로 돌아오고, 이 길이다 싶으면 꿈을 찾아 나서는 사람들.

나는 굉장히 하고 싶은 일도 없고, 월급도 많은 편은 아니지만 현실에 만족하는 편이다. 일에 실수가 있어도 대부분은 나, 또는 직속 상사의 손에서 해결 가능한 수준이다. 한 번 실수하고 나면 다시는 하지 않으려는 노력도 한다. 교대 근무를 하게 되면 업무량과 휴식 시간의 밸런스가 맞는 기분이라 휴식 시간에 원하는 일을 할 수도 있다. 다양한 업무가 있어서 게을러질 틈도 없다. 내게 예보관이라는, 공무원이라는 직업은 그런 직업이다. 어쩌면 일하는 것에 물이 들어버린 것일지도 모르지만.

하지만 그런 모든 일이 자신과 맞지 않다고 느끼는 사람도 분명 있을 것이다. 사람, 업무, 또는 회사의 위치 같은 것들. IMF를 겪은 세대라면 월급을 안정적으로 받는 것만으로도 감사할 수 있다. 하지만 최근 입사하는 세대에게 IMF라는 단어는 근현대사나 사회과 교과서에서나 보았던 이야기일 때가 많다. 《90년생이 온다》라는 책도 있지 않은가. 그들에게 직장이란 자신과 맞지 않으면 언제든 다시 도전을 할 수 있는 곳이다. 1990년대에 태어난 이들에 국한된 이야기는 아니다. 뜻이 있는 사람들은 더 나은 자신을 위해 준비한다.

오랫동안 진로에 대해 고민하던 직원 한 명이 있다. 과의 분위기와 사람들의 마음가짐이 자신과는 전혀 맞지 않는다고 했다. 순환 보직이니만큼 언젠가는 그 사람들을 떠나겠지만, 두어 번 전근을 해보니 그 사람이 그 사람이라고 했다.

조용히 새로운 길을 준비하기 시작했다고 한다. 마음이 멀어지고 나니 다른 길을 찾는 것은 순식간이었다. 집에서 근무지로 이동하는 시간만 편도 5시간. 주말에 제대로 한 번 가기도 힘든 곳이었다고 한다. 열심히 노력해서 더 좋은 조건의, 자신이 새롭게 원하게 된 곳에서 일을 하기 위해 직원은 과감히 사표를 던졌다. 존경스러운 마음이었다. 나는 이미 이곳에 머무르기를 선택해서 겁쟁이처럼 다른 직업보다 이곳이 더 나을 거라고 자기 합리화를 하고 있었는데, 이 직원은 과감한 결단력으로 새로운 도전을 시작했다.

얼마 되지 않아 그의 결혼 소식이 들렸다. 새로운 직장을 찾게 되었다는 이야기도. 지금 이곳보다 훨씬 조건이 좋은 곳이었다. 부럽기도 했다. 하지만 응원하는 마음이 더 컸다. 한편으로는 '함께 오랫동안 일을 할 수 있었다면 더 좋았을 텐데' 하는 생각도 들었다.

처음 입사했을 때보다 후배 직원들이 새로운 길을 찾아 떠나는 일이 많아졌다. 모두가 일도 잘하고 자기 결단력도 있는 사람들이었다. 좋은 사람은 더 좋은 곳을 찾아 떠난다는 말이 그래서 나온 것인가 보다. 이곳에 머물러 있는 내가 가끔 도태되어 가는 것은 아닌가 하고 생각한다. 그럼에도 나는 이곳에서 만난 일과 인연들이 좋다. 누군가가 새로운 도전을 향해 나아가기를 망설인다면 힘껏 응원해 주고 싶다.

"아직 늦지 않았어! 아니다 싶으면 얼른 도전해!"

4.
하늘을
바라보며
비 온 뒤를
꿈꾸고

: 나, 그리고 지금

내가 에세이를 읽는 이유

몇 년 전에 사귄 남자 친구는 내게 '말하는 방법이 너무 딱딱하다'라고 핀잔을 주곤 했다. 뭐든지 기승전결이 있어야 하고 원인과 결과를 따져서 말하는 방식에 익숙해져 있어서 들은 말이었다. 하루는 남자 친구가 내게 하소연을 했다.

"회사 팀장 때문에 너무 힘들어. 그만두고 이직을 해야겠어."

이직. 퇴직. 지겨운 말이었다. 나는 이직도 퇴직도 쉽게 꿈꾸지 못하는 직업인데 불러주는 곳이 있다며 다른 회사를 갈까 말까 고민하는 그의 모습이 의외로 태평해 보였다. 게다가 그 남자 친구는 사흘에 한 번 정도는 이직을 하겠다고 이야기하거나 일을 그만두고 여행을 떠나겠다고 말하는 사람이었다. 나와 함께하는 미래를 꿈꾸기도 전에 그저 한탄하기만 하는 남자 친구에게 나는 몇 번 맞장구를 쳐주다가 결국 이렇게 말해버렸다.

"지금 네가 퇴직을 하면 어떻게 할 건지 확실히 계획을 세워놔야지. 무작정 여행을 떠나면 되겠어? 이직하기로 한 회사는 확실히 도장까지 찍었어? 집에서도 멀다면서? 서울에서 출퇴근 왕복 2시간이야 일상적이라지만, 비슷한 연봉에 출퇴근 시간도 두 배로 늘고 지하철을 세 번 갈아타면서 살 수 있겠어? 독립할 거야? 그것도 아니잖아?"

다다다다 쏘아내고 나니 좀 후련해졌다. 그가 그 일로 계속 힘들었던 것은 알고 있지만, 나는 그의 감정 쓰레기통으로 활용되는 일은 더 이상 사양이었다. 더군다나 그는 내가 공무원이라는 이유로 매일 "너는 그래도 월급 따박따박 나오잖아"라거나 "연금 있어서 좋겠다"라는 말을 마치 무기인 양 해댔다. 그런 이야기를 듣고 나면 나는 아무런 말도 할 수 없었다. 그게 다가 아니라고 처음 몇 번 이야기한 후로는 더 이상 하지 않았다.

내 한이 맺힌 반박을 듣고 남자 친구는 내가 너무 냉정하다며 화를 냈다. 이공계라서, 공무원이라서, 경상도 사람이라서 말하는 방법이 너무 세다고 하는 그에게 나도 할 말이 많았다. 다만 그 일에 대해서는 침묵하기로 했다. 그와 나는 그보다 더 격한 의견 차이를 보이는 일이 있었고, 나는 그런 남자에게 내 인생을 저당 잡힐 수는 없다고 생각했다.

화가 날 때 표현하는 방법은 모두 조금씩 다르다. 나는 화가 나면 냉정하게 말하는 편이다. 말에 가시를 숨기는 일도 더러 있다. 상대가 나에게 공격적인 발언을 하면 그것을 참고 넘기지 못하는 기질이 있기도 하다. 사회생활을 하며 융통성이라는 것이 길러졌다고 생각하지만, 마음 속에 쌓아두었던 것들을 해결해야 할 때에는 가시들이 터져 나오고 만다. 그러나 그것은 내 성격과 기질에 의한 것이지, 내가 '이공계'라서 '공무원'이라서 '경상도' 사람이라서 가지고 있는 특징은 아닐 것이다. 실제로 우리 회사에는 나와 같은 도시 출신 공무원인 이공계 사람들이 수두룩하다. 그들 모두가 나와 비슷한 어조를 가지고 있지는 않을 터이다.

기상청에서 경상도 사람인 것은 약점까지는 아니지만 꼬리표처럼 따라다녔다. 경상도 출신이라 빨리빨리 하는 것을 좋아한다는 이야기를 들었다. 생각하는 방식과 말하는 방식이 직설적인 것도 경상도가 고향이라서라고 한다. 이쯤 되면 스물네 살 이후로 경상도에서 오래 산 적이 없는 나의 삶은 대체 어디로 간 것인지 궁금하기까지 하다. 그냥 나 자신이 마음에 들지 않는 것인지, 경상도 사람이 싫은 것인지 헷갈릴 정도다. 아니면 내가 그냥 공무원에 맞지 않는 사람인지도 모른다.

말투에 대한 지적을 듣고 난 후부터는 에세이를 자주 읽기 시작했다. 요즘 한국은 에세이 천국이다. 주제도 다양하다. 일, 삶, 육아, 질병, 죽음, 퇴사, 이직, 여행, 취미. 수많은 사람들이 자신의 이야기를 글로 풀어낸다.

내가 읽는 것은 그중에서도 '말'로 스트레스를 받는 사람들의 에세이다. 나는 다른 사람의 말로 크게 상처 받지 않으려고 노력한다. 나 자신이 무디기도 하고, 상처 받았다고는 해도 며칠 지나면 잊어버린다. 말투나 말하는 방식에 힘들어하기보다는 그 속에 든 내용에 상처를 받는 탓이기도 하다. 하지만 나를 대하는 다른 사람들이 그렇지 않을 수 있다는 점을 깨닫고 나자, 아파하는 이들을 위해 말투를 고쳐야 한다는 생각을 하게 되었다.

읽고 나서 내 말투가 달라졌느냐 하면 또 애매하다. 나 자신은 그다지 달라졌다고 생각하고 있지는 않으니까. 다만 "B씨는 어른들에게 참 잘 맞춰줘" 하는 이야기를 듣기는 했다. 원래도 상사들을 향해 립서비스를 잘하는 성격이긴 했지만, 웃으며 상냥하게 말하는 방식을 취했더니 조금 더 분위기가 부드러워진 경우가 있었기 때문인 것 같다. 항상 그런 것은 또 아니지만 회식 때 조용히 침묵하고 있는 그 분위기를 못 견딜 것 같은 기분도 있다. 또는 단순히 그들의 말에 크게 공감해 주는 모습이 좋게 보였을지도.

좋은 점도 많이 생겼다. 우선 전화상으로 상대방에게 말하는 방식을 많이 고쳤다. 누군가에게 먼저 자신에 대한 긍정을 이야기하고, 그 후 필요한 부분을 이야기해 주는 방식은 대단히 효과적이었다.

"선생님, 말씀해 주신 부분대로 XX에 대한 것은 이렇습니다. 다만 한 가지 제가 말씀드리고 싶은 것은……"

이런 식의 대화법은 화가 머리끝까지 나서 전화한 민원인들의 마음을 조금씩 풀어주는 효과가 있다. 회사 내에서도 그렇다. "아니죠"에서 "그렇죠"로 시작하는 어투로 바꾸려고 노력했더니 대화의 전체적인 분위기가 부드러워졌다.

결국 말투도 대화법도 노력하지 않으면 상대와의 의만 상할 수 있는 것이었다. 누가 내 말투에 대해 지적하면 그때부터 또 고민이 시작된다. 대화를 아예 하지 않고 살 수 없기에 조금씩 고쳐나가는 것이 목표다.

오늘 하루 내 말투는 다른 사람에게 너무 공격적이지 않았을까?

내용은 분명하게 전달되었을까?

언제나 나 자신의 말을 돌아본다. 오늘도 100점짜리 대화는 아니었다. 늘 부족하고 늘 반성하는 대화를 하면서 내일의 나 자신은 조금 더 나아지기 위해서 책을 읽고 강의를 듣는다.

예보관은 날씨와 대화하는 직업이지만, 공무원은 사람과 대화하는 직업이니까.

비슷하지만 다 다른

인스타그램을 시작하면서 종종 아무 이유 없이 하늘 사진을 찍어 올린다. 해시태그도 달아둔다. #맑은날, #가을날, #출근길, #퇴근길. 사진을 찍고 있는 것만으로도 조금 기분이 바뀐다. 짜증 날 때라던가 힘들 때라던가.

하늘이 좋다. 내 밥벌이라서 좋은 것이 첫 번째이기는 하지만, 그 자체로도 좋다. '하늘'이라고 부르는 공간의 공허함을 좋아한다. 아무것도 없어 보이지만 공기로 가득 차 있고, 하늘의 움직임이 만들어 내는 구름은 비를 뿌려 준다. 그 모습을 보는 것이 좋다. 어디서부터 어디까지를 하늘이라고 불러야 할지 모르는 그 불명확함도 좋다. 비행기를 타고 하늘을 날면 하늘 속으로 들어온 것 같은데, 그곳에는 또 다른 하늘이 있다.

푸른 하늘이나 파란 하늘이라고 부르지만, 하늘의 파란색은 그때그때 모두 다르다. 내가 있는 곳의 위도나 보고 있는 시간, 대기의 상태, 구름의 굴절 정도에 따라서 수천만 가지의 하늘이 보인다.

내 일상은 그 파랑들을 눈에 담는 것으로부터 시작한다. 예보는 컴퓨터만 보며 하는 것이 아니기 때문이다. 지금 내 눈으로 보고 있는 하늘과 슈퍼컴퓨터가 그려준 가상의 하늘이 얼마나 다른지, 어떻게 다른지, 다른 이유는 무엇인지 자꾸 생각해야 오차를 줄일 수 있다. 맨눈 관측이 없으면 수치 모델도 소용없다는 기사도 이로부터 나온다. 오랜 시간 훈련된 관측자들은 서로 약간의 주관적 차이는 있을지라도 비슷한 경향의 하늘과 구름을 관측한다. 그 자료들이 쌓이고 쌓여 지구의 움직임을 예측하는 기본 자료가 된다.

아침에 출근하기 전에 담는 푸른 빛깔들은 각별하다. 나는 출근을 일찍 하는 편이다. 8시까지 출근일 때는 7시, 9시까지 출근일 때는 8시 정도면 출근을 하고는 한다. 요

즈음은 아침에 하는 기상 분석 브리핑 준비를 위해 7시에 출근할 때가 많다. 출근하면서 보는 하늘은 보통 해가 뜬지 얼마 되지 않아 낮은 구름이 투명도 조절을 해놓은 것처럼 희끄무레하게 퍼져 있다. 특히 해가 뜨면서 구름 사이로 비추는 햇살은 사람들이 왜 천사가 강림할 때를 상상했는지 알 수 있을 것 같기도 하다. 저 멀리 어딘가를 비추는 스포트라이트처럼 느껴지기도 한다. 그때의 파랑은 파랑이라고 하기에는 조금 다르다. 어둠이 지는 동쪽 어귀만 남색이 섞인 푸른색이 있을 뿐, 파랑이 아니라 주홍이나 다홍색을 보여준다. 시간이 조금 지나면 서쪽 하늘은 이보다 더 잘 섞을 수 없는 그러데이션으로 검푸른 색과 밝은 파란색이 혼합되어 있다. '매직 아워(Magic Hour)'다. 하루 중 하늘에서 가장 다양한 색깔을 볼 수 있는 시간이기에 버스를 타고 출근하며 책을 읽거나 휴대전화를 만지작거리다가도 탁 트인 곳이 나오면 꼭 하늘을 감상하면서 지나간다.

점심시간에 보는 하늘은 날이 좋다면 바닥까지 비치는 맑은 물을 보고 있는 듯하다. 맑고 푸르게 빛나는 물은 자신을 바라보고 있는 하늘색을 반사하기 때문에 파랗게 보이는 것이라고 한다. 거기에 구름을 좀 덧칠하면 더 아름다운 풍경화를 볼 수 있다. 바람이 바닥 색을 섞은 푸른색을 흔들 때마다 볕이 비추어 물비늘이 반짝거린다.

나태주 시인의 산문집《오늘도 네가 있어 마음속 꽃밭이다》에서 "가을은 청유형, 겨울은 명령형"이라는 구절을 본 적이 있다. 그 구절을 하늘의 색에 빗대어 본다면 여름은 감탄형이고, 봄은 의문형이라고 붙이고 싶다. 그림판의 페인트 툴로 말간 파란색을 부어놓은 모습을 하고 있는 가을 하늘은 마치 얼른 여행을 떠나라고 권하는 듯하다. 시리고 파르스름하게 빛나거나 희게 상층운이 덮여 해를 한 조각도 보여주지 않는 겨울 하늘은 그야말로 추우라고 명령하는 모습이다. 봄은 이도 저도 아니게 변덕스러운 하늘 색을 보여주니 의문형이고, 여름 하늘은 뭉게뭉게 자라나가는 모루구름이나 조각조각 떨어져서 자유분방한 적운들을 볼 때 그야말로 감탄스럽다. 특히 시퍼렇게 라피스라줄리색으로 빛나는 하늘에 대비되는 흰색의 구름이 떠 있을 때가 그렇다.

초록과 보라를 잇는 파랑의 스펙트럼이 날과 날을 잇는다. 눈을 감으면 내게 인상적이었던 하늘이 눈에 선한데 카메라로 아무리 담아도 그 맑은 모습과 깊은 색을 따라

잡을 수가 없다. 휴대전화나 카메라에서 자동 보정 기능을 통해 사람들이 가장 아름답다고 생각하는 하늘의 빛깔을 최선을 다해 찾아주기 때문이다. 예쁘지만 지금 내가 보고 있는 하늘과는 조금 다른 하늘.

2020년은 미세먼지가 적어서 하늘의 다양한 색을 즐기기에 참 좋았다. 그런 날에는 일을 하면서도 짬짬이 하늘을 바라보고는 했다. 바라보고 있는 것만으로도 기분이 좋아지는 하늘의 연속이다. 휴대전화를 꺼내 사진을 찍는다. 다양한 시간의 다양한 색을 기록해 두는 것은 하늘을 동경해서이기도 하고, 약간의 직업병이기도 하다. 어떻게 찍어도 눈으로 보는 색을 담아내지는 못한다. 직접 보지 않으면 설명할 수 없는 그 파랑들이 언제나 소중하다.

엄마가 보고 싶다

올해도
내년도
어쩌면
평생

모처럼 연휴를 통째로 쉬게 되었는데 자의 반 타의 반으로 홀로 머물게 되었다. 가장 큰 이유는 역시 안심할 수 없는 코로나19 확진자 상황 때문이었다. 혹시라도 대중교통을 이용하는 내가 전파자가 되면 안 된다는 생각에 연휴를 약간 비껴서 고향에 내려가기로 했다. 덕분에 혹시나 모를 비상 상황을 위한 관내 대기도 내가 맡기로 했다. 별다른 일이 없으면 그저 이름만 올려놓을 대기자다. 이런 일이 앞으로 평생 몇십 번은 더 있을 것이라 생각하니 까마득했다.

기상청에 입사하고 나서부터 외지를 돌아다니면서 살

것이라는 건 가족들 모두가 이미 알고 있는 일이다. 가장 먼저 발령받은 곳도 집에서 시외버스로 2시간 반, 터미널에서 시내버스로 1시간 가까이 가야 하는 작은 읍이었다. 대학을 졸업할 때까지 집을 떠나 살아본 적이 없던 온실 속 화초 같은 딸이었다. 그러다가 대학 졸업 후에 도망치듯 유학길에 올랐고, 거의 1년을 지지고 볶으며 한국이 그나마 살기 좋은 곳이라는 사실을 깨달았다. 귀국해서는 짧은 집 생활과 시험 준비. 그 이후에는 쭉 독립을 해서 살고 있다.

부모님은 아직도 심심찮게 경상도 근처로 희망 발령지를 쓰면 안 되냐고 물어보신다. 집을 떠나 생활하는 것은 아무래도 외로워서 그 생각을 해보지 않은 것은 아니다. 그런데 기상청의 특성상 경상권 발령이 서울 발령보다 더 힘들다. 대기 관련 학과를 가진 학교는 연세대학교를 제외하면 모두 국립대학교다. 자연 계열 학과이다 보니 국립대가 아니면 유지하기 어려운 점도 영향을 미쳤을 것이다. 그중 세 곳(경북대학교, 부산대학교, 부경대학교)이 경상도에 위치해 있다.

기상청은 공무원이기에 많은 인력이 공채로 뽑힌다. 기상학 관련 전공 계열 과목의 공부가 전공생들에게 유리한 것은 말할 필요도 없다. 거기다 '기상기사' 등 기상 관련 자격증의 가산점이 높다 보니 타 전공보다 기상 전공 합격자가 많은 편이다. 대학 비율로 보자면 어쩔 수 없이 경상도 출신 응모자가 많을 확률이 높다. 경상도 거주자의 합격 비율이 20%만 되어도 부산지방기상청과 대구지방기상청 등 경상도에 위치한 기관을 원하는 사람들이 늘어나게 되는 것이다.

나는 일찌감치 부산이나 대구로의 발령을 포기한 사람이다. 기를 쓰고 경상도에 붙어 있을 이유가 없다고 생각했다. 대학을 졸업하고 넓은 세계를 보면서 해외에서 살고 싶은 열망도 있었는데, 다른 지방 정도야 하루 안에 오갈 수 있는 거리이지 않은가. 그런 논리로 부모님을 설득했고, 나 자신도 지금까지 그렇게 생각하며 살고 있다. 한국 땅이 좁은 것에 때때로 감사하면서.

하지만 때로 못 견디게 부모님이 보고 싶을 때나 누군가가 아플 때, 경조사가 있을 때는 멀리 있는 몸이 아쉽기만 하다. 친척들의 결혼식이 대부분 부산에서 이루어지다 보니 교대 근무를 하는 몸으로는 시간 내기가 여의치 않다. 갑자기 생긴 사고에 사후 통보를 받는 일도 많았다.

그것이 멀리 사는 자식에게 걱정을 끼치지 않기 위해서라도 가끔 섭섭할 때가 있다. 집에 돌아가면 부모님의 몸에 못 보던 상처가 늘어나 있다. 몇 년 사이 부모님은 다초점 렌즈를 맞추고 녹내장 예방약을 드시기 시작했다. 매일 밤 안약을 찾으시는 그 모습을 보면서 부모님과 함께 시간을 보내는 일이 더 소중하지 않을까 두 번 세 번 생각해 보기도 했다.

가을만 되면 찾아오는 추석이다. 올해는 부모님도 큰댁에 가시지 않는다고 한다. 달은 휘영청 밝아서 내가 사는 곳에서는 구름 사이로 달이 보이고, 부산에서는 제법 큰 달이 보인다고 한다. 모두의 바람이겠지만, 바이러스 치료제와 백신이 얼른 보급되었으면 좋겠다. 걱정 않고 부모님의 품으로 돌아갈 수 있도록.

엄마가 보고 싶다.

고양이와 예보관

고양이를 좋아한다. 한가한 오후에 고양이와 함께 놀다 지쳐 잠드는 것은 내 오랜 꿈이다. 집 근처 고양이들에게 소소한 간식을 챙겨 주는 일도 좋고, 친구 집의 고양이를 보는 것도 좋아한다. 길에서 멋지게 살아가는 아이들이나 집에서 사랑받고 살아가는 아이들이나 사랑스럽기는 매한가지다. 요즘은 여행 가서 만난 고양이들과 교류하며 행복을 느끼기도 한다. 내 버킷리스트에는 세계 각국의 고양이 명소에 가보기가 포함되어 있다.

그럼에도 집에 들이지 못하는 이유는 여러 가지다. 우선, 최근 내가 살던 집들이 모두 내 집이 아니었던 것. 월

세로 사는 방 한 칸도 그렇고, 회사의 관사도 고양이를 키우기에는 부족한 환경이었다. 내가 언제 옮길지 모르는데 영역 동물인 고양이에게는 환경을 옮기는 일 자체가 스트레스일 것이라는 생각이 자주 들었다.

게다가 내가 사는 공간은 그리 넓지 않다. 주로 방 하나, 거실 하나를 사용할 수 있을 정도. 작거나 자주 옮기는 공간에서 반려동물을 잘 키우는 사람도 많지만, 나는 그럴 자신이 없었다. 산책도 시킬 수 없는 고양이를 작은 방 하나에 가두는 일은 너무 가혹하게 느껴졌다.

거기에 내가 교대 근무를 하거나 고향에 내려가게 되면 적게는 12시간에서 많게는 3박 4일 넘게 집을 비우게 된다. 고양이는 집을 비우고 가도 괜찮다는 이야기가 많지만 절대 그렇지 않을 터이다. 외로움도 느끼고, 먹이도 화장실도 제때 채우고 치워줘야 하는데 괜찮을 리가 있나. 무엇보다 내가 집을 비우는 사이에 반려묘에게 있을 문제를 내가 바로 알지 못하는 것이 두렵다.

무엇보다 내 결심과 다짐의 문제라는 것을 알기에 여전히 나는 고양이를 좋아하는 '랜선 집사'로 남아 있다.

다행인지 불행인지 내가 사는 곳은 길고양이가 많은 동

네다. 녹지가 많고 주민들이 비교적 고양이들에게 해코지를 한다는 이야기가 적다. 아파트 단지마다 고양이 밥을 주는 장소가 정해져 있는 편인데, 주로 경비 아저씨들 중에 캣대디가 계셔서 안정적으로 길고양이들을 관리하신다. 가끔 마주칠 때마다 "나아옹" 하고 아이들을 불러본다. 대부분은 본체만체하고 지나가 버리지만, 그래도 귀엽다. 늦은 밤 퇴근이나 이른 아침 출근을 할 때 그들이 바쁜 걸음으로 어딘가 가고 있는 모습을 보는 날은 길가다가 만 원 지폐를 주운 것과 비슷한 정도로 기쁘다. 눈에 익은 녀석들도 생겼다.

날이 추워지면 가장 먼저 고양이들이 생각난다. 올 겨울은 너무 춥지 않아야 할 텐데. 내일 예보에 한파가 들어 있기라도 하면 집 근처 고양이들의 은신처를 살짝 살핀다. 평소에는 맛집 검색에나 이용하는 맘카페 동향도 살펴본다. 가끔 정기적으로 캣맘 활동을 하는 분들이 못 쓰는 이불이나 스티로폼 박스 같은 것들을 은신처 재료로 구하기 때문이다. 바람이 유독 차가운 우리 동네는 아파트 단지가 아니면 추위를 피할 곳이 적다. 그런 탓에 시동이 꺼지지 않은 자동차의 보닛 안으로 고양이가 들어가는 일이 종종 있다. 시동이 켜지기라도 한다면 일어나는 일은 당연히 끔찍 그 자체다. 그것을 방지하기 위해 고양이들의 겨울 안식처를 만든다.

어떤 사람들은 할머니의 무릎이 가장 빠른 일기예보관이라고 이야기한다. 그 무릎뿐만 아니라 고양이의 태도나 생활도 기가 막히게 변한다. 일단 오가는 길에 고양이가 사라지기 시작하면 날이 추워진다는 뜻이다. 아침이나 저녁 늦은 시간은 이미 추워서 낮 동안 먹이를 먹고 노을이 질 때쯤에는 이미 어딘가로 숨는 일이 많기 때문이다. 따로따로 널브러져 있던 고양이들이 오골오골 모여 솜뭉치가 되기 시작한다.

기우는 햇빛이 느껴지고 조금 소슬해지는 바람이 불면 고양이는 시원한 그늘에서 볕이 드는 바위나 담장 위로 자리를 옮긴다. 근처에는 신기하게도 바람을 막아주는 건물이나 나무들이 있다. 오후 4시쯤의 고양이 위치를 보면 어느새 계절이 바뀌는 모습도 보인다.

집 안에서도 비슷한 편이라고 했다. 친구 집에서 10년을 보낸 고양이는 아침저녁 바닥이 차가워지면 현관 타일 바닥에서 친구의 이불 속이나 볕이 반짝거리는 캣타워로 재빨리 자리를 옮긴다. 에어컨과 보일러가 있는데도 신기

할 정도로 날씨를 알아챈다. 추운 날에서 더운 날로 변해
갈 때도 마찬가지다. 친구의 이불 속에서 신나게 자다가
문득 시원한 곳을 찾아 대장정을 떠나는 탐험가의 모습에
주변 사람들은 허탈하게 웃기도 한다.

예보를 하는 사람이라 유독 신경 쓰이는 것은 아닐 것
이다. 그저 내가 야생에서 살아가는 생물들에게 관심을
주고 돌아오지 않을 애정을 가지고 있기에 그런 것일 테
다. 계절이 지나가면 뱀, 개구리, 제비들을 관측하던 습
관 때문에 늘 도시에서도 개구리와 고양이, 잠자리 같은
생물들을 보게 된다. 올 겨울이 따스하면 고양이는 평온
하겠지만 내년에는 또 모기나 벌레들이 기승을 부리겠지.
개구리들은 조금 더 일찍 깨어날지도 모른다. 예보관이라
는 직업은 하늘을 관찰하는 것뿐만 아니라 내 주위를 관
찰해야 하는 직업이기도 하다. '평소와 다른' 그들의 움직
임이 날씨 변화의 힌트를 주기도 하기 때문이다.

소슬바람이 부는 시기는 사계절마다 늘 찾아온다.
길에서 사는 그들이 조금 더 편안하기를. 날씨는 춥더
라도 주변에는 따스한 사람들이 많기를 기원한다.

돌고래를 보고 싶어

바다가 가까운 도시에서 자랐는데도 나는 자연을 만끽하는 돌고래를 본 적이 없다. 그나마 본 돌고래라고는 아쿠아리움에서 학생일 때 관람한 정도일까. 지금도 수족관의 돌고래를 보려 하면 볼 수 있지만, 의식적으로라도 피하는 편이다. 동물 학대라는 기분이 끊임없이 들기 때문이었다. 그래서 제주나 울산에서 돌고래를 목격했다는 제보가 들어오면 그렇게 부러울 수가 없었다. 남들이 다 보는 자연의 돌고래 가족들을 나도 한 번 보고 싶었다.

2019년 이맘때 나는 괌에 있었다. 아주 우연한 기회로 엄청나게 저렴한 가격의 괌 항공권을 살 수 있었던 것이다. 지금 항공사들이 경쟁적으로 국내 항공권을 팔듯, 그때의 항공사들도 경쟁적으로 해외 항공권을 이벤트로 풀고 있었다. 야간 근무를 하다가 짜증이 치미는 것을 느끼자마자 홈페이지에 들어가서 과감히 항공권을 결제했다. 서울 부산 왕복 기차 삯보다도 저렴한 항공권이었다. 세상에, 야간 근무를 하는 즐거움이 이런 데서 나오는구나. 마침 평일이었고, 비수기였다. 근무를 마치자마자 집으로 돌아가 짐을 쌌다. 괌이 미국령이라는 게 현실로 다가왔다. 다행히 ESTA비자는 받지 않아도 된다고 한다. 어차피 지금 신청해도 나오는 건 하루가 걸릴 테니 신청을 안 하는 편이 속 편했다. 밤 비행기로 괌에 갔고, 도착했을 때는 새벽이었다. 비행기를 나오자마자 텁텁하고 습한 공기가 콧속으로 들어왔다. 그곳은 여전히 여름이었다.

괌에 도착하기 전, 가장 먼저 돌고래 워칭 투어를 신청했다. 30명 정도 탈 수 있는 크루즈선을 타고 조금 먼바다로 나가 스노클링과 돌고래 워칭도 하고 참치(사실은 청새치라고 한다)를 즉석에서 먹는 투어였다. 돌고래를 보는 성공률이 좋기로 유명한 투어였는데 아뿔싸, 괌 근처로 태풍이 스쳐 지나가고 있었다. 괌도 둘째가라면 서러운 태풍 수출국 중 하나라서 그곳 사람들에게는 일상이라고 한다. 다만 투어 담당자는 오늘 돌고래를 보기는 힘들 수도 있다고 이야기했다. 파도가 높은 날은 돌고래들도 놀지 않고 파도가 잔잔한 곳으로 숨는다고 했다. 세상에 기상청 사람 어디 가면 꼭 날씨 나쁘다더니, 이런 데서 굳이 증명할 필요는 없었을 텐데.

쾌 먼바다까지 나가서 찾았는데도 결국 그날 돌고래는 보지 못했다. 멀리서 작은 상어 한 마리가 물 깊은 곳을 유유히 지나갔을 뿐. 그럼 차라리 물고기라도 많이 보자면서 사람들은 너도나도 물속으로 향했다. 제대로 깊은 물속에서 해보는 스노클링은 처음이었다. 바다 수영도 어느 정도 하고 물을 좋아하는데도, 한없이 깊어 보이는 바다는 무서웠다. 구명조끼가 있으니 가라앉지는 않을 거라는 확신을 가지며 물속으로 잠수했다.

한 번도 본 적 없는 화려한 세계가 그곳에 있었다.

과연 열대지방은 열대지방. 물고기들이 반짝반짝 몸을 빛내고 있었다. 사람을 무서워하는 것 같지도 않았다. 귀찮아하는 정도랄까? 한 번에 스무 명 정도의 사람이 물속으로 들어갔는데도 놀라는 일 없이 사람들 사이를 누비는 모습에 '천적이 없는 걸까?' 하는 생각까지 들었다. 투어 가이드가 물고기들의 경계를 풀기 위해 식빵 쪼가리들을 뿌리자 꽤 깊은 바다에 있는 물고기들까지 수면 가까이로 올라왔다. 대부분은 서전피시라고 부르는 돔 종류의 물고기였는데 간혹 작은 녀석도 있고, 멋진 색을 하고 있는 녀석들도 있었다. TV나 영상으로 보는 것과 내 눈으로 보는 것은 그 현실감의 차원이 달랐다. 왜 사람들이 그토록 바닷속을 탐험하고 싶어 하는지 그제야 몸으로 느껴졌다.

결국 돌고래는 보지 못했지만 그날의 투어 덕분에 괌에 대한 기억은 약간의 아쉬움과 가득한 즐거움으로 남았다. 다음 날 같은 투어를 갔던 팀이 돌고래를 봤다고 해서 조금 더 아쉽긴 했지만 또 오면 될 것이라 생각했다. 감염병 사태가 일어날 줄 누가 알았겠는가. 언젠가 또 한 번 가고 싶은, 특히 친구들이나 가족들과 함께 가고 싶은 곳이다. 책과 문서에서만 보았던 스콜이란 이런 것이구나 하고 보여주듯 실시간으로 커지는 적란운과 발자국 두세 걸음을 경계로 그치던 굵은 빗방울. 그림으로 그린 듯한 뭉게구름과 번쩍번쩍 요란하게 소리를 내는 천둥 번개를 온몸으로 느낄 수 있는 시간이었다.

그 후로 한동안 계속 '돌고래를 어디서 보지' 하는 생각에만 골몰했다. 서울에서는 수족관이 아니면 돌고래를 볼 수 있는 방법이 없다. 가장 볼 수 있는 가능성이 높은 곳이라면 따스하고 날 좋은 제주에서일까. 한여름에 제주 여행을 할 수 있는 기회가 왔다. 마침 확진자도 30명 전후로 줄어들어서 마스크를 항상 착용하면 경계가 조금 느슨해지는 단계였다. 성산으로 향했다. 날이 좋으면 돌고래를 볼 수 있을 거라는 확신이 들었다. 바람이 조금 강하기는 했다. 하필 다음 날은 기압골이 예보되어 있었다.

성산 일출봉 근처의 올레길 곳곳에는 전망대가 있다. 불턱이라고 하는 곳들도 있다. 조금 걷다가 바다를 한 번 보고, 끝물을 맞이한 수국을 보면서 바다를 한 번 보고, 이내 고개를 그냥 바다 쪽으로 고정한 채 걸었다. 지나가는 돌고래 한 마리 안 걸리나. 한 번만 딱 보면 좋은데.

길을 걷다가 기억도 나지 않는 어느 전망대에 올랐다. 멀리 우도가 보였다. 망원경이 설치되어 있어서 소독 티슈로 한 번 닦아주고 눈을 갖다 댔다. 파도와 새들이 띄엄띄엄 모습을 드러냈다가 감춘다. 그 순간.

삼각형 지느러미가 쑥 나왔다가 들어갔다. 눈을 의심했

다. 이내 돌고래의 매끈한 몸체가 두세 개 보였다. 시간을 따지는 것이 의미가 없을 정도로 찰나였다. 정말, 하도 돌고래를 보고 싶으니 헛것을 봤나 싶을 정도로. 하지만 파도가 잘게 부서지는 모습과는 분명히 달랐다. 그건 분명 돌고래였다.

마침 평일이라 사람도 없어서 나는 전세 내다시피 망원경을 독점했다. 물속에서 고기를 잡는 새 한 마리. 해녀의 것일지도 모르는 동그랗고 하얀 스티로폼 덩어리. 바닷바람에 머리는 산발이 되었지만 눈은 바다를 향했다. 그 후로 20~30분을 더 기다렸을까. 내가 본 것은 일가족이 아니라 정찰을 나온 정도밖에 되지 않는 한두 마리의 작은 무리뿐이었다. 망원경으로도 작게 보이는 곳에 있는, 아주 먼 돌고래. 이렇게라도 볼 수 있는 것이 행복했다. 바람이 조금 더 잦아들었으면, 파도가 조금만 더 낮았으면 가까이 다가와 주었을까?

시간이 있다면 돌고래가 자주 오는 스폿에 가서 이틀이고 사흘이고 머무르고 싶다. 돌고래뿐만 아니라 다른 고래도 괜찮다. 가장 보고 싶은 고래는 향유고래와 흰수염고래지만, 그 둘은 정말 큰맘을 먹지 않으면 보기 힘든 생물들이니 내 주변에서 가장 접하기 쉬운 돌고래도 좋다. 날씨 예보를 보고 잘 맞추어 가면 좋은데, 직장인의 쉬는 날이라는 게 그렇게 날씨가 좋을 때에 맞춰지지는 않는 법이다.

그래도 보고 싶다. 돌고래가 힘차게 바다를 가르며 수영하는 모습을.

가끔 왜 사는지 모를 때

눈을 떴는데, 그런 날이 있다. 어린아이가 학교 가기 싫은 날처럼 무턱대고 회사에 가기 싫은 날이. 꾸역꾸역 가기는 하지만 그런 날일수록 지지부진한 회의가 이어지고 할 일은 쌓여만 간다. 다른 사람의 일을 떠맡게 될 때도 있다. 책상 위 쌓인 일거리에 한숨이 나온다.

회사에서 내가 뭘 하고 있는지 알 수 없는 날이다. 특히 예보하는 사람들을 보조하는 업무를 하고 있을 때. 하루가 지나갔는데 아무것도 해놓은 것이 없으면 격렬한 좌절의 시간이 찾아온다. 1년을 지내도 예보로 하루하루가 흘러가 버리고, 내 하루가 얼마나 바쁜지와는 관계없이 남는 것은 예보 점수뿐. 틀렸던 맞았던 소수점 두 자리까지 표현되는 내 1년의 성과. 그 성과는 결국 작년에 비해 얼마나 더 맞혔는지가 가장 중요해진다. 우습다. 올해 비가 며칠 내렸는지, 평소와는 얼마나 달랐는지, 이런 것들은 누군가에게는 구차한 변명일 뿐이다.

인간이란 참 간사해서, 정해진 규정과 법령 안에서도 요리조리 피할 길을 찾는다. 예보관이라고 다르지 않다. 최선을 다해 예보를 냈는데도 옆 사람보다 점수가 좋지 않아 좋은 평가를 받지 못한다면 그 자신이 의욕적이기는 힘들다. 똑같은 일을 하고 있는 사람이 수십 명. 그런데 이렇게 좁은 나라에서 환경은 금수저와 흙수저만큼이나 다르다. 평가와 성과가 공평할 수 없다는 것은 알고 있으나 막상 나오는 점수는 최종적으로 '운'이 결정한다.

그렇다. 인간의 성공을 좌우하는 마지막 방점은 운이다. 실력으로 잡은 운이든 뜻하지 못한 행운이든 결국 운이 없는 사람은 마지막 한 계단을 눈앞에 두고 미끄러진다. 그런 광경을 수도 없이 볼 수 있고, 나 자신도 그런 경험이 있다. 회사에 들어가면, 공무원이 되면 공평하게 평가받을 것 같았지만 인생은 그렇게 호락호락하지 않았다.

나는 왜 이 회사를 다니지?

내가 이 회사에 다니자고 먹었던 마음은 대체 어디서부터 왔을까. 여느 회사원처럼 가슴속에 사직서를 꼭 품고 지내면서 내게 찾아올 운이 좋은 하루를 노린다.

토요일 밤을 기다리는, 어느 공무원이 로또를 사던 새벽의 이야기다.

기상학자가 제주도를 바라보는 법

바다,
바람,
비행기

언제나 제주도행 비행기는 만석이다. 다들 하얗거나 까만 마스크를 쓰고 제주를 향한다. 여름에는 이 정도는 아니었던 것 같은데, 전국에 여행 잘한다는 사람들은 다들 제주로 향하는 것 같다. 갈 수 있는 곳이 마땅치 않으니 어쩔 수 없기도 하고, 이맘때의 제주가 겨울이 오기 전에 여행하기 딱 좋은 하늘을 하고 있어서 더 많은 사람들이 몰리는 걸지도. 요 몇 년간 제주도로 신혼여행을 간다고 하면 금전적으로나 시간적으로 부족한 사람들이라고 생각하고는 했는데, 지금은 딱히 그렇지도 않다.

방문하는 사람들이 많은 것에 비해 제주의 확진자 수는

적다. 방문하는 사람들이 조심하기도 했겠지만 제주도민 스스로 조심한 결과일 것이다. 물론 코로나19 시국이 아니었어도 제주는 늘 붐빈다. 비행기를 탈 수 있고 면세점을 이용할 수 있는 제주'특별'자치도만의 매력이 큰 것 같다. 제주도에 오게 되면 외지인과 자주 마주칠 수밖에 없으니 동네에서보다 스스로 더 조심한다. 붐비는 음식점은 아예 발걸음을 돌린다. 카페도 마찬가지다. 섬이다 보니이런 일에 취약하기도, 반면 더 관리하기 쉬운 부분도 있는 것 같다.

제주도는 기상청과 연이 깊은 곳이기도 하다. 제주도에 위치해 있는 기관이 여럿이기 때문이다. 제주의 예보를 담당하는 제주지방기상청부터 제주의 관문인 공항을 지키는 제주공항기상대, 태풍이 오면 언제든 밤을 꼴딱 새우는 태풍센터와 기상청 연구의 중심인 국립기상과학원까지. 작은 섬에 다양한 일을 하는 여러 기관의 사람들이 모여 있으니 제주는 그야말로 기상의 메카이기도 하다. 현재까지 제주의 동과 서에서 기상을 알려주고 있는 고산·성산 기상레이더도 기상청의 중요 기관이다. 서울이 집인 사람들에게는 주말이 되면 치솟는 비행기 삯에 발령을 꺼리는 곳이기도 했지만, 요즘은 항공권이 저렴한 편이니 상대적으로 오기 편한 곳이 되었다.

제주의 매력은 뭐니 뭐니 해도 파란 바다다. 바다를 오
랫동안 보면서 자라온 내게도 이곳의 바다는 특별하다.
제주의 바다는 인공적인 색소로는 표현하기 힘든 에메랄
드 빛깔이 말을 잃게 만든다. 맑은 날이면 하늘의 빛을 잔
뜩 머금고 있다. 구름이 끼었을 때는 은빛으로 구름을 반
사한다. 그리 다르지 않은 물일 텐데 이곳의 바다는 왠지
더 투명하다. 협재 해수욕장을 가면 물놀이 천국을 맛볼
수도 있다.

그 바다를 움직이는 바람. 그리고 구름. 꽤 큰 크기라
섬이라는 사실을 종종 잊곤 하지만 제주는 섬이다. 그것
도 높이가 1,947m인 커다란 산을 품고 있는 섬. 그러다
보니 제주의 날씨 예보는 일정한 듯 어렵고, 여름이면 순
식간에 어두워진다. 일출과 일몰을 보기도 쉽지 않다. 잔
뜩 기대했다가 포기하고 돌아왔다는 이야기도 쉽게 들을
수 있다. 풍력발전기가 여기저기 설치되어 있고, 바람으
로 인해 비행기가 뜨지 않는 일도 종종 발생한다. 제주공
항의 위치에서는 한라산에 의해 바람 방향이 바뀌기 때문
에 어쩔 수 없는 일이기도 하지만, 어쨌거나 제주의 바람

은 삼다도라 불릴 만큼 유명한 것이다. 제주를 즐기려면 그 바람도 즐기는 수밖에.

바람 덕분에 제주는 하늘 보는 맛이 있는 도시다. 바다도, 산도, 지나가는 사람도 보기 싫어진다면 가만히 하늘을 보기 딱 좋은 곳. 새파란 하늘일 때도 좋지만 구름이 끼어 있는 하늘도 매력적이다. 순식간에 지나가는 구름들 사이로 해가 오가며 만들어 내는 커튼이 얼마나 아름다운지. 제주도의 매력에 빠져 이곳에 터를 잡는 사람들이 이해되는 순간이 온다. 그리고 제주 예보를 힘들어하는 많은 예보관님들의 심정이 이해되기도 한다. 이 좁은 섬을 남과 북, 그리고 산간으로 나누어 예보해야 하니까. 심지어 제주시와 서귀포시의 날씨가 얼마나 다른지, 북쪽에서는 눈이 펑펑 내려도 남쪽에서는 쨍쨍한 하늘일 때도 있다. 물론 그 반대의 경우도.

제주 여행객이 늘면서 제주를 여행하는 법도 사람마다 달라졌다. 맛집, 해변, 올레길 투어는 여전히 사람들을 매혹시킨다. 요즘은 예술가들의 흔적을 찾거나 오름을 정복하는 투어도 많다. 기상청 사람이라면 역시 날씨를 보는 여행이다. 제주의 다양한 날씨를 만끽하는 여행. 몰아치는 바람에 마스크를 벗지 않고 두 눈으로 담을 수 있는 여행. 봄 안개와 여름 비, 가을 바람과 겨울 눈을 모두 느끼는 여행을 하며 제주를 즐긴다. 모든 날씨가 제주를 아름답게 만들어 주고 있으니까.

재난 영화, 즐길 수 있어?

기상청에 다니면서 많이 듣는 질문 중 하나는 바로 "○○ 영화 본 적 있어?"다. 영화를 좋아하는 사람들과 대화한 다면 특히나 더. 스펙터클한 영상으로 박진감 넘치는 시간을 제공하는 많은 영화 중에서도 그들이 물어오는 것은 보통 자연재해 영화다. 예를 들면 〈투모로우〉(2004년)나 〈해운대〉(2009년) 같은 것들. 조금 더 시간을 거슬러 올라간다면 〈딥 임팩트〉(1998년)라거나.

많은 영화들이 과학적인 가설에 기반을 두고 있다. 과학을 배운 사람들이라면 한 번쯤 '고증'이라는 단계를 영화에 적용하게 된다. 과학적 사실에 기반한 영화가 개봉하면 필연적으로 인터넷에서는 '과연 이 영화의 내용이 실현 가능한가?'에 대한 갑론을박이 이어진다.

아마 현재까지 나온 영화 중에서 사람들의 입에 가장 많이 오르내리는 자연재난 영화는 〈투모로우〉일 것이다. 바다와 대기의 순환 구조가 모두 하나의 시스템으로 연결되어 있고, 그로 인해 급속한 재앙이 올 수 있다는 가정은 인간의 기술로는 도저히 막아낼 수 없기 때문에 더욱 큰 재난으로 느껴진다. 그 재난 자체가 중요한 것은 아니다. 미국에서 만들어진다면 애국과 참사랑, 우리나라에서 만들어진다면 국가의 무능함과 그 속에서 피어나는 애달픈 인간애 정도가 주제가 될 것이다. 기상과학을 오래 공부했더니 재난 영화를 볼 때마다 과학적 검증을 생각하는 나는, 로맨스나 감동적인 장면에는 상대적으로 관심이 덜하다. 내용에 집중한 나머지 주인공들의 감정선은 뒷전으로 두기 때문이다.

비교적 최근에 나온 영화인(그럼에도 10년에 가까운 세월이 지나 있는) 〈해운대〉는 한창 일본에서 일어난 최악의 재해인 3.12 동일본 대지진의 충격이 채 가시지 않았을 때 개봉했다. 한국에서도 그와 같은 재난이 일어날 수 있다는 여론이 있을 때인지라 어떤 근거로 만들었을지 궁금했다. 하지만 그 영화 안에서 내게 가장 충격을 주었던 장면은 바로 전기충격 씬이다. 영화를 본 사람이라면 기억하고 있을 것이다. 자동차 배터리로 물고기를 잡는 시골 낚시법에서 착안한 것 같은데, 그것이 일반적인 전깃줄에도 적용되는지는 둘째 치고 사람에게 실현되는 모습이 정말 소름 끼쳤다. 그런 일이 일어나서는 안 되겠지만, 만약 해운대와 광안리 해변으로 지진해일이 몰려온다면 어떤 장면이 펼쳐질지도 궁금했는데 결과적으로는 조금 실망하고 말았다. 〈해운대〉에서는 할리우드 영화에서처럼 커다란 파도가 해운대 해변에 위치한 유명한 호텔을 덮치고, 극적인 긴장감을 주기 위해 폭풍우가 거칠게 몰아친다. 실제 동일본 대지진이나 인도네시아 지진해일 영상에서 봤던 천천히 덮는 모습의 지진해일과 비교하면 괴리감이 느껴지기도 한다. 하지만 과학적으로 100% 맞지는 않을지언정 원래 재난 영화라는 것이 그렇지 않은가. 최악에 최악을 더해서 도저히 살아남을 수 없는 상황을 만들어 놓고 사람들을 살려내는 고전적인 전개가 펼쳐진다.

〈투모로우〉는 고등학교에 다닐 때 개봉한 영화라 학교 과학 시간에 감상했던 기억이 난다. 대학에 들어와서도 사람들 사이에 의견이 분분했다. 전공 교수님들 중에는 〈투모로우〉에 나타난 자연현상을 쓰라고 하거나, 영화에 나온 현상이 실현 가능한지에 대한 의견을 쓰는 과제를 내주신 분도 계셨다. 〈투모로우〉가 개봉하고서 몇 년 뒤에는 유명한 기후변화 관련 다큐멘터리 영화 〈불편한 진실〉(2006년)이 개봉했기 때문에 두 영화를 엮어서 이야기하는 경우도 꽤 있었다. 다만 〈투모로우〉 또한 너무나 극적인 장면들이 있어서인지 인터넷을 조금 검색하기만 해도 '현실 고증'이 잔뜩 이어진다. 내 기억 속의 〈투모로우〉는 포스터에 나온 자유의 여신상이 얼어 있는 모습과 영화 속에서 책과 가구를 뜯어 벽난로에 넣는 장면으로 요약된다. 자동차나 비행기 연료가 얼어붙을 수 있다는 것도 그때 알았다.

미래 영화나 근미래 영화를 보고 있으면 정말 많은 사람들이 기후변화로 인해 인간의 삶이 어떻게 변화할지에 대해 상상하고 있다는 것을 알 수 있다. 〈인셉션〉(2010년)에 나온 바짝 말라가는 지구라든지, 〈월-E〉(2008년)의 배경도 환경오염으로 인하여 황톳빛 지구가 되었다든지. 주로 인간의 활동이 지구를 망쳐버린 모습으로 많이 등장한다. 〈월-E〉는 내 최애 영화 중 하나인데, 그 영화의 배경을 보면서 인간의 활동에 대해 여러 가지 생각을 해보기도 했다.

요즘 이슈가 된 친환경 제품 사용이나 플라스틱 줄이기는 정권과 정책의 관심에 따라 사람들의 관심도 커졌다 사그라지기를 반복한다. 직접적으로 환경을 전공하지는 않았지만 늘 환경 정책에 관심이 많을 수밖에 없고, '기후 변화' 중 '기후'를 자주 접하는 기상예보관으로서 사람들의 인식 변화는 감사한 일이다. 거기에 재난 영화의 극단적 상황을 한 스푼 끼얹는다면 인류가 집을 지키기 위해 나아가야 할 방향에도 도움을 줄 것이 분명하다. 하지만 여전히 플라스틱과 합성 물질이 주는 평온한 삶은 거부할 수 없는 유혹이다. 가격적으로도 편의성으로도 그만한 것들이 없기 때문이다. 특히 코로나19라는 비상사태가 발생하고 나서 일회용 장갑, 마스크, 일회용 컵의 사용량은 정부가 정책으로 규제한 것이 의미 없어질 만큼 늘어나 버렸다고 한다.

현실 고증을 따져보기 전에, 재난 영화의 사건들이 '실제로도 일어날 수 있지 않을까?' 하는 상상을 해본다. 과학적으로 실현되기 어려운 것이 현실이라도, 우리는 이미

〈컨테이젼〉(2011년)의 양상과 거의 다르지 않은 형태의 코로나19와 포항 지진, 경주 지진처럼 한반도에는 일어나지 않을 것이라고 생각했던 현상을 겪었으니까. 그런 공포에 잠식될 필요는 없을 것이다. 내가 느낀 한국 사람들은 정말 무서울 정도로 적응력이 뛰어나서, 어떤 재난이든 이겨낼 수 있을 것 같다.

하지만 생각을 하고 당하는 것과 생각지도 못한 상태로 재난이 덮쳐오는 것은 전혀 다른 일이 아닐까? 기후변화도 많은 학자들이 예측하고 있기 때문에, 충격이 덜해지지 않을까?

"진짜로 저런 현상이 일어날 것 같아?"라고 내게 질문하는 사람들에게 보통 이렇게 답변한다.

세상에 절대라는 것은 없다.

어느 저녁, 어머니에게 전화를 걸었다. 한평생 내 롤 모델
이자 나의 가장 멋진 조언자, 지지자, 친구 같은 분인 그
녀에게 아무렇지도 않은 듯 이야기를 꺼냈다. 지금까지도
'글쓴이'라는 단어를 나의 이름자 앞에 붙이기에는 낯설
다. 농담처럼 이야기를 꺼냈다. 어렵지는 않았다. 도서관
수업으로 여러 번 책을 냈으니.

"엄마, 나보고 글 써보래."
"그래? 글쓰기 모임에서?"
"아니. 출판사에서."

생각지도 못한 일이었다. 매일매일 언론의 질타를 받기만 하는 '기상예보관'으로서 내 이야기를 쓸 수 있을까. 설렘보다 두려움이 먼저였다. 일을 하며 느낀 것들을 두서없이 풀어놓는 초보 글쓴이의 글을 사람들은 의외로 따뜻한 눈으로 읽어주었다. 그래서 용기를 냈다. 글을 쓰기로.

아주 오래간만에 긴 호흡으로 글을 썼다. 하나하나의 분량은 길지 않았지만 내게 늘 글을 쓰게 만들어 준 사람들 덕분에 더듬더듬 단어를 이어나갔다. 예보관은 결국 말로 내 생각을 풀어내야 하는 직업. 소설을 즐겨 쓰던 아이는 딱딱하고 사무적인 공무원 문체가 눈과 손에 배어버렸다.

쓰고 나서 글을 점검해 보면 창피할 정도다. 그래서 고민했다. 내가 쓴 글이 그저 변명일 뿐이지는 않은지. 사람들이 내 글을 읽고 예보관이라는 직업을 오해하는 일은 없을지. 또는 함께 예보관으로 일하고 있는 사람들이 오히려 나를 오해하지 않을지.

어릴 적 생각했던 것만큼 단순한 직업은 아니었다. '기상예보관'이라는 이름을 가지고 있을 때도 있지만 나는 공무원이다. 언젠가는 예보관이라는 이름에서 멀어질 날

도 올 것이다. 그것이 당장 내일이 될지 10년 후가 될지
는 아무도 모르는 일이다. 하지만 지금 이 시간 글을 쓰는
나 자신이 부끄럽지 않도록, 예보관이라는 이름을 쓸 때
스스로 당당하도록 노력한다.

특별한 일을 하는 사람은 아니다. 내일이나 모레 날씨
를 예상하는 일은 누구라도 할 수 있다. 그것을 조금 더
열심히 많은 자료를 가지고 사람들의 도움이 될 수 있도
록 하는 일이 우리의 역할이다.

버스를 타고 시내를 여행할 일이 있었다. 버스 안에는
노인도, 젊은이도, 아이들도 있었다. "안녕하세요" 하고
인사를 하며 교통카드를 찍는 내게 쾌활하게 인사를 돌려
주는 기사님의 목소리가 젊었다. 낯선 도시여서 기사님에
게 행선지를 묻자 친절한 대답이 돌아왔다. 그것만으로도
기분이 좋아졌다. 버스는 시골길을 달렸다. 구불구불한 2
차선 도로 중간중간 오르내리는 이는 대부분 어르신들이
었다.

유독 교통법규를 잘 지키는 버스였다. 문은 버스가 완
전히 정차한 후 열렸고, 사람들이 자리에 앉을 때까지 출
발하지 않았다. 버스가 흔들리면 안의 사람들도 흔들렸지

만 기사님은 급커브 구간에서 늘 손잡이를 잡으라는 안내를 해주었다. 바쁜 세상에서 길을 가는 것만으로 힘들 버스 운전기사를 보며, 예보관도 그와 비슷하다는 생각을 했다.

버스 안에 탄 사람들을 안전하게 목적지까지 데려다주는 일. 흔들릴 수도, 예상치 못한 교통 정체가 있을 수도, 길이 울퉁불퉁할 수도 있어서 최대한 조심스럽게 운전을 하는 일. 누구나 할 수 있는 운전이지만 다양한 사람들의 안전을 책임지고 있기에 더욱 신경 써야 할 일. 예보가 틀릴 수도 있고, 맞아도 많은 비나 눈이 올 때 그것을 최선을 다해 알려야 하는 것이 예보관들의 역할이다. 운전을 거칠게 하고 법규를 지키지 않는 운전기사가 자신의 소임을 다해도 쓴소리를 듣는 것처럼, 예보관도 마찬가지인 것이다.

예보관으로서 사는 것이 좋다. 여전히 부족해서 늘 선배 후배 예보관들을 보며 많이 배운다. 가끔은 평화롭고 눈에 띄지 않는 일을 하고 싶다고 생각하지만, 그럼에도 예보라는 업무의 매력은 이 일을 그만둘 수 없게 만든다. 언뜻 보면 단순히 나뉠 것 같은 예보 업무에도 다양한 분야가 있음을 알아가고 있다.

　그래서 오늘도 글을 쓴다. 희노애락이 가득한 예보관의 글이자 평범한 직장인의 하루를.

2021년 여름 한가운데서,

비 온 뒤.

일하는사람 #001

맑음, 때때로 소나기

초판 1쇄 인쇄 2021년 7월 2일
초판 1쇄 발행 2021년 7월 16일

지은이 | 비온뒤
발행인 | 강봉자

펴낸곳 | (주)문학수첩
주소 | 경기도 파주시 회동길 503-1(문발동 633-4) 출판문화단지
전화 | 031-955-9088(마케팅부), 9534(편집부)
팩스 | 031-955-9066
등록 | 1991년 11월 27일 제16-482호

홈페이지 | www.moonhak.co.kr
블로그 | blog.naver.com/moonhak91
이메일 | moonhak@moonhak.co.kr

ISBN 978-89-8392-862-7 03810